통합논술 종합 비타민

정란희 선생님과 함께하는
통합논술 종합비타민 초등 저학년 2단계

초판 1쇄 발행 2007년 12월 25일
초판 2쇄 발행 2010년 10월 20일

지은이 정란희
그린이 조명화
편 집 이향
디자인 투피피

펴낸이 양소연 **펴낸곳** 함께읽는책
등록번호 제25100-2001-000043호 **등록일자** 2001년 11월 14일

주소 서울시 구로구 구로3동 코오롱디지털타워빌란트 1차 703호
대표전화 02-2103-2480 **팩스** 02-2103-2488 **홈페이지** www.cobook.co.kr
ISBN 978-89-90369-52-9
978-89-90369-58-1(세트)

함께읽는책 은 도서출판 나무의집 의 임프린트입니다.

정란희 선생님과 함께하는

통합논술 종합 비타민

초등 저학년 2단계

글 정란희 | 그림 조명화

함께읽는책

왜 '통합논술'이 중요할까요?

정란희

철수의 책상에는 오늘도 정보가 수북합니다. 어린이 신문, 어린이 잡지, 동화책, 위인전, 역사 이야기책에 컴퓨터까지, 정보와 지식이 넘쳐 납니다. 하지만 철수는 컴퓨터 게임이나 인터넷 서핑을 하거나, 여러 학원들을 다니느라 좀처럼 시간이 나지 않습니다. 지식과 정보를 읽고 정리할 짬이 없습니다. 아무리 좋은 정보가 있어도 받아들이고 흡수하지 않는 한, 책은 책일 뿐이고, 신문은 신문일 뿐입니다. 어느 것도 영양소가 되지 못합니다.

혹시 여러분도 철수처럼 좋은 지식과 정보, 책의 알찬 내용을 놓치는 경우는 없나요?

"내일 하지 뭐."

"다음 달에 하는 게 좋겠어."

"내년에 해야겠어. 올해는 정말이지 너무 바빠."

이렇게 하루하루 바쁘다는 핑계로 지식 쌓기를 미루지는 않나요?

여기저기서 읊어 주는 조각난 지식만을 겨우 듣고 챙기기에는 이 세상에는 너무나 재미있고, 신기하고, 감동적인 이야기들이 많습니다.

자고 일어나면 새로운 이야기, 기발한 책, 환상 이야기, 논리책 등이 뚝딱 만들어져 있곤 합니다. 책이 귀하던 옛날과는 달리 지금은 책이 넘쳐 나 '책의 홍수' 라는 말까지 생길 정도입니다. 그럼 우리는 이 많고 많은 책 중에서 어떤 책부터 만나야 할까요? 그것은 바로 내 생각을 열고, 넓히고, 키울 수 있는 책입니다. 왜냐하면 21세기가 필요로 하는 사람은 열린 생각을 가진 사람이기 때문입니다. 다시 말해 우리 사회가 요구하는 사람은 창의적인 생각과 행동으로 발전을 불러올 수 있는 사람입니다.

그래서 어린이들이 쉽고 재미있게 논술과 친해질 수 있도록 『통합논술 종합비타민』을 쓰게 되었습니다. 발상의 전환, 동시논술, 스토리논술, 한문논술, 찬반양론, 생활법률, 경제논술, 수리 · 과학논술, 인물, 사회와 역사, 문화논술, 유네스코 세계문화유산까지 열두 장에 다양하고 재미있고 알찬 내용을 담았습니다. 논술은 무조건 거창하면서도 딱딱한 문제에 대한 논의라고 선입견을 갖는 어린이라면 '논술이 이렇게 재미있을 수도 있구나' 하며 놀라워 할지도 모릅니다.

이 책이 나오기까지 애써 주신 노경실 선생님과 함께읽는책 출판사와 특히 이향 편집자에게 감사드립니다. 그리고 머리를 맞대고 지식을 함께 나눈 김다미, 김수미, 이민정, 임유리 선생님과 행복한 웃음을 짓고 싶습니다.

차 례

9 인물

10 사회와 역사

11 문화논술

12 유네스코 세계문화유산

1 발상의 전환

그림 이야기 특별해서 재미있는 날

1 두 아이는 어떻게 다른가요?

2 여러분의 옷차림은 어떠한가요?

3 모든 사람이 똑같은 옷을 입는다면 어떤 일들이 일어날까요?

4 우리 학교에 옷을 뒤집어 입는 날이 있다면 어떨까요?

특별해서 재미있는 날

미국에서는 해마다 10월의 마지막 날을 할로윈데이라고 부르며 어린이들의 축제로 만들어 즐겁게 보낸다. 서양 사람들은 이 날 세상 모든 귀신들이 되살아난다고 믿고 있다. 날이 어둑어둑해지면 어린이들은 유령이나 마녀, 도깨비 같은 옷을 입고 호박을 들고 돌아다닌다. 그러고는 "과자를 주지 않으면 장난을 치겠다"고 으름장을 놓으며 초콜릿과 사탕을 달라고 한다. 선생님들과 일부 부모님들까지도 이런 우스꽝스러운 복장을 하고 운동장과 마을을 돈다.

미국 학교에는 이와 비슷한 날이 많다. 옷을 뒤집어 입는 날, 괴상한 모자를 쓰는 날, 이상한 양말을 신는 날, 잠옷을 입고 학교 가는 날, 아이스크림을 사 먹는 날 등이 있다.

특별해서 재미있는 날에는 또 어떤 날이 있을까?

다음 중 여러분이 좋아하는 놀이를 소개해 보세요.

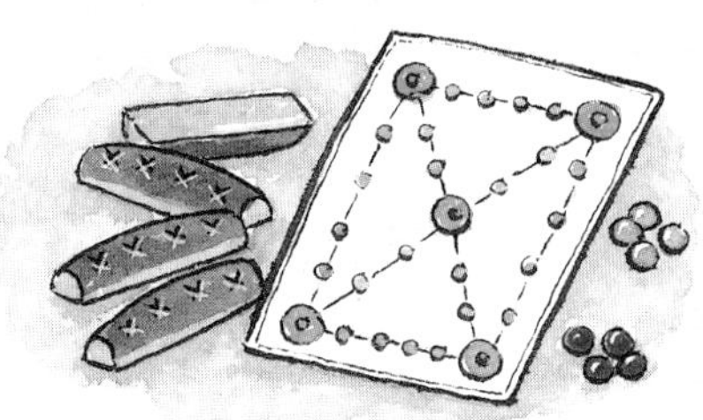

바른 말을 찾아 O, ×를 하고, 밑줄에 알맞은 말을 넣어 문장을 완성해 보세요.

1 곱배기(　　　　　)

곱빼기(　　　　　)

만수는 자장면을 ______ 로 먹는다.

2 곳간(　　　　　)

곧간(　　　　　)

가을 추수가 끝나자 _____에 쌀이 가득 찼다.

3 얼음(　　　　　)

어름(　　　　　)

날이 추워지자 ______이 얼기 시작했다.

4 마개(　　　　　)

마게(　　　　　)

참기름병 _____를 잘 막아 두어야 해.

5 무(　　　　　)

무우(　　　　　)

채소 가게에 갔더니 배추와 ____가 산더미처럼 쌓여 있었다.

정답 : 1. x, O, 곱빼기 2. O, x, 곳간 3. O, x, 얼음 4. O, x, 마개 5. O, x, 무

2 동시논술

동시 ① 참 잘 어울린다 박혜선

동시 ② 참아 봐도 못 참는 것 박혜선

동시 ③ 할머니와 겨울 고영서

어린이가 쓴 동시 오빠가 아픈 날 나윤하

참 잘 어울린다

박혜선

할머니 텃밭

상추는 상추끼리
당근은 당근끼리
울타리처럼
옥수수 줄 세워
모여 크다가

1년 동안 묵혀 둔 사이

달개비꽃
개망초
바랭이 덩굴 사이
쇠비름도 소복소복

1 상추, 당근, 옥수수를 기르시던 할머니가 1년 동안 왜 텃밭을 못 가꾸셨을지 상상해서 써 보세요.

2 '상추는 상추끼리, 당근은 당근끼리' 처럼 '끼리' 라는 말을 넣어 동물원에 대한 시를 써 보세요.

동물원

_____는 _____끼리
_____는 _____끼리
우리 안에 있어요.

_____는 _____끼리
_____는 _____끼리
우리 안에 있어요.

우리를 보며
"저 사람들 가고 나면 우리끼리
푹 쉬자."
"저 사람들 가고 나면 우리끼리
노올자."
속삭이는 거예요.
들릴락 말락
소곤소곤 이야기해요

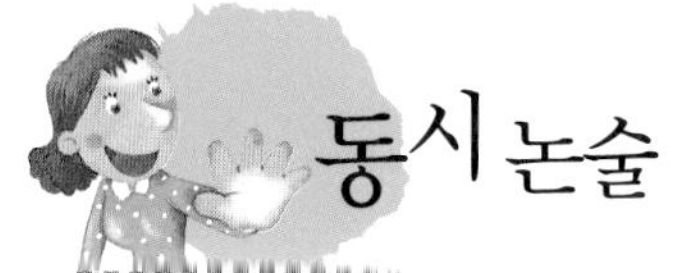

참아 봐도 못 참는 것

박혜선

5교시 졸음만큼
참기 힘든 게 또 있을까?
맨날 앞으로 불려나가 꾸중을 들어도
맘대로 안 되는 일.

–이 녀석 또 졸아?
그 순간
뽀오옹
작지만 내 귀에 생생한 그 소리.

그 때 알았다
선생님도 나랑 똑같다는 걸.
얼마나 참으려고 애썼을까?
방귀 뀌는 선생님,
지금부터 내 친구다
–야호!

1 동시를 읽고 난 뒤 떠오르는 속담은 무엇인가요?

① 티끌 모아 태산

② 방귀 뀐 놈이 성낸다.

③ 밥을 죽이라고 우긴다.

④ 다 된 죽에 코 빠졌다.

2 동시에서 방귀를 뀐 사람은 누구인가요?

3 아무리 참으려 해도 참을 수 없는 것들에는 어떤 것들이 있을까요?

할머니와 겨울

고영서

봄 햇살 받으며
씨 뿌리는 할머니

여름에는 뙤약볕 아래
풀 뽑는 할머니

가을바람 맞으며
곡식 거두는 할머니

일만 하는 우리 할머니,
우리 할머니 쉬시라고
겨울이 있나 보네.

1 글쓴이의 마음을 잘 나타낸 말은 어느 것일까요?

① 할머니를 사랑하는 마음

② 겨울에도 일을 드리고 싶은 마음

③ 즐겁게 생활하시는 할머니

④ 건강하신 할머니

2 그리스 속담에 '집안에 할머니, 할아버지가 안 계시면 다른 집 할머니, 할아버지라도 모셔라' 라는 말이 있어요. 할머니, 할아버지들은 많은 일들을 겪었기 때문에 지혜로워서 배울 게 많다는 뜻이지요. 우리 할머니, 할아버지가 자주 하시는 말씀에는 어떤 것들이 있나요?

3 할머니, 할아버지를 생각나게 하는 물건에는 어떤 것들이 있나요?

오빠가 아픈 날

나윤하

오빠 아픈 날에
호들갑 떠는 우리 엄마
"우리 아들, 괜찮아? 윤하야 오빠 아프니까 네가 이불 개."
내 입은 오리주둥이가 되었다

벌건 오빠 얼굴 만지는 우리 엄마
"뭐 먹고 싶어? 죽 쒀 줄까?"
그 말에 내 눈에 눈방울들이 모였다
어쩌자고 한 방울, 두 방울 떨어지더니
쉴 새 없이 흘러내렸다

참다 못해 내가 소리쳤다
"엄마, 내가 아플 땐 왜 죽 안 쒀 줘?"

엄마가 나를 안아 주셨다
"윤하야, 네가 아플 때 엄마 맘이 얼마나 아팠는 줄 알아?"
바보같이 이제야 알았다
내가 아프면 엄마도 아프다는 걸

1 글쓴이는 왜 엄마한테 소리쳤나요?

① 죽이 먹고 싶어서

② 엄마가 오빠만 사랑하는 것 같아 샘이 나서

③ 감기에 걸려서

④ 엄마가 나를 사랑해서

2 몸이 아팠을 때 가족은 여러분을 위해 어떤 일을 해 주었나요?

3 여러분은 가족이 아팠을 때 어떤 일들을 해 드렸나요?

어떤 말이 맞을까요?

'눈곱'과 '눈꼽'

① 나는 그런 생각 눈꼽만큼도 한 적이 없다구.

② 나는 그런 생각 눈곱만큼도 한 적이 없다구.

올바른 쓰임은 ②번입니다.

'눈곱'은 눈에서 나오는 진득진득한 액을 말하며, 아주 적거나 작은 것을 말할 때 비유적으로 이르는 말입니다.

'눈곱'을 넣어 문장을 완성해 보세요.

* 세수하면서 ______을 닦아 내었다.
* 영철이 생일잔치에 가고 싶은 마음이 ______만큼도 없다.

3 스토리논술

못생긴 신데렐라, 용감한 춘향이, 억척스런 심청이… 모두 네 얘기네~.

뭐라구?

아니, 내 얘기라구.

가수가 된 베짱이, 금메달 딴 거북이, 미운 오리 새끼는 진짜 오리!

중얼중얼 꿍얼꿍얼 종알종알 꽁알꽁알 모든 게 다 스토리네.

일기 도서관

박효미

"알아듣게 얘기해. 일기 도서관이 우리 학교 어디에 있는데?"

선생님의 목소리가 높아졌습니다.

민우는 요 며칠 사이에 있었던 일을 더듬더듬 이야기하기 시작했습니다. 도서실 끄트머리에 일기 도서관이 있다는 말을 하자 선생님은 몹시 언짢은 표정을 지었습니다. 하지만 이내 귀를 기울이기 시작했습니다. 떠듬대는 민우가 답답했는지, 선생님은 중간에 몇 번씩 되물어 보기도 했습니다. 이야기를 들으면서 선생님은 조금 놀란 듯했습니다. 처음에는 묵묵히 듣다가, 나중에는 턱을 만졌고, 이야기가 끝날 때쯤에는 코끝을 계속 만지작거렸습니다.

"그럼, 그 창경원 이야기도 거기서 베꼈냐?"

"네."

"쯧쯧, 창경원이 아직도 동물원인 줄 아니? 도대체 베껴도 뭘 알고 베껴야지."

1 대화를 나누고 있는 사람은 누구누구인가요?

① 민우　② 담임 선생님

③ 벼리　④ 반장

2 일기 도서관처럼 아주 특별한 도서관을 만들고 싶다면 어떤 도서관을 만들고 싶나요? 이유와 함께 말하세요.

3 도서관으로 삼행시를 지어 보세요.

(도)

(서)

(관)

선생님은 벼리를 보면서 또 물었습니다.

"그럼, 너도 거기서 베낀 거냐?"

벼리는 대답은 하지 않고 고개만 더 푹 숙였습니다. 아무 대답도 하지 않는 걸 보니, 벼리도 일기 도서관을 들락거렸나 봅니다.

여태 베낀 주제에 민우를 그렇게 못살게 굴었다고 생각하니, 벼리가 얄밉습니다. 그런데도 끽끽대며 울음을 참는 모습은 조금 안돼 보였습니다.

"왜 그랬지? 왜 베낀 거야? 그렇게 일기 쓰기가 싫으냐?"

민우 입에서 조그맣게 "아니오" 소리가 기어 나왔습니다. 벼리도 고개를 가로저었습니다.

"그럼, 왜 그런 거야? 왜 남의 일기를 베끼기까지 해야 되는데, 왜? 누가 말 좀 해 봐."

1 이야기의 내용과 맞으면 O, 다르면 X 하세요.

① 민우는 일기 도서관에서 일기를 베껴서 선생님께 혼나고 있다.

② 벼리는 선생님의 일기 검사를 도와 드리고 있다.

③ 민우네 반 선생님은 일기 검사를 안 하신다.

④ 벼리도 일기 도서관에서 일기를 베꼈다.

2 여러분은 선생님이 일기를 검사하는 것에 대해 어떻게 생각하나요?

나는 선생님이 일기 검사를 (하는, 안 하는) 게 좋다. 왜냐하면

____________________하기 때문이다.

3 일기를 쓰면 어떤 점들이 좋을까요?

선생님이 다그치자 민우는 기어들어가는 소리로 말했습니다.

"일기 쓰는 게 어려워요."

선생님이 한숨을 후 내쉬었습니다.

"뭐가 어렵다는 거야? 아무거나 그냥 쓰면 되잖아."

민우 목소리가 더 작아졌습니다.

"아무 말이나 쓸 수 없어요."

선생님은 잠깐 아무 말도 안 하더니, 다시 물었습니다.

"왜? 도대체 왜? 아무 말 안 할 테니 얘기해라."

"선생님이 검사할 거라고 생각하면 무서워요. 쓸 말이 없어져요."

"하고 싶은 말이 없는 거야? 아니면 할 수가 없다는 거야?"

민우는 마음을 가다듬고 머뭇머뭇 말했습니다.

"선생님이 본다고 생각하니까 생각이 안 나요."

선생님은 한숨을 길게 내쉬고 창밖을 바라보았습니다. 더 묻지도 않았습니다. 이야기 할 때는 몰랐는데, 선생님이 아무 말도 안 하고 있으니 민우는 가슴이 바짝 졸았습니다. 선생님은 어쩌면 무슨 벌을 줄까 고민하고 있을지도 모릅니다. 벼리도 울음을 그치고 그런 선생님을 쳐다보았습니다. 창밖을 바라보던 선생님이 민우와 벼리를 돌아보았습니다.

"그래. 일기 검사에 대해서 한번 생각해 봐야겠다. 내일 아이들 모두랑 이야기해 보자. 돌아가거라."

선생님 목소리에 어쩐지 힘이 빠진 것 같았습니다. 민우는 얼른 일기를 책가방에 넣고 교실 뒷문 쪽으로 나갔습니다. 그런데 느닷

없이 선생님이 민우를 다시 불렀습니다.

"네 일기 말이다, 민우 네 일기. 창경원 이야기 쓴 거. 그 부분, 다시 읽어 보고 싶은데, 오늘만 맡겨 두고 갈래?"

"예?"

"오늘 하루만 일기장 두고 가거라."

민우는 가방에서 일기장을 꺼내 선생님께 드렸습니다. 선생님은 아무 말 없이 민우 일기장을 받았습니다.

일기 도서관(박효미 지음, 사계절출판사, 2006)

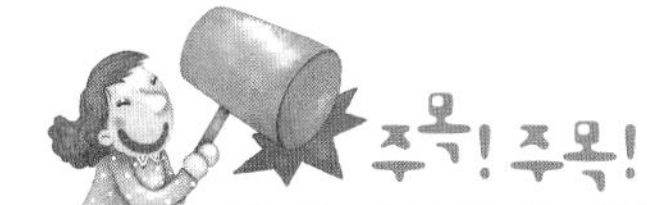

일기 쓰기

일기를 쓰려고 하면 무엇을 쓸지 고민이 되지요? 하루에 있었던 일 중에 아주 특별한 일만을 찾아서 쓰려고 하기 때문이지요. 크고 대단한 일, 아주 인상적이었던 일이 있다면 쓸거리가 뚜렷해서 좋지만 그런 일은 날마다 일어나지 않아요. 그렇다면 무엇을 써야 할까요? 마음에 돋보기를 대고 찾아보세요. 작은 일을 찾아내어 꼼꼼하게 써 보세요. 물론 내게 있었던 일이 가장 좋고요, 그냥 무심코 지나치기 쉬운 일도 아주 좋은 글감이 될 수 있답니다. 예를 들면, 집에 오면서 보았던 이웃 어른들, 동네 풍경, 심지어 골목 귀퉁이에서 본 민들레와 개미떼까지 아주 많지요.

그렇다면 오늘 하루 내게 있었던 일 중 하나를 골라 돋보기로 크게 키워서 일기를 써 보세요.

1 일기를 쓸 때 생각해야 할 것들을 모두 골라 보세요.

① 가장 인상적이었던 것만을 쓴다.

② 솔직하게 쓴다.

③ 누구한테 보여줘도 좋을 내용을 쓴다.

④ 일기를 쓰면서 하루를 돌아본다.

2 끝말잇기를 해 보세요.

가방 – (　　　　) – (　　　　)– (　　　　) –

(　　　　) – (　　　　) – (　　　　)

3 선생님이 내일 아이들 모두와 일기 검사를 할 것인지, 말 것인지에 대해 이야기를 나누겠다고 하셨어요. 어떤 결론이 날까요?

하루의 일을 기억하며 일기를 써 보세요.

제목 : 날짜 : 날씨 : 기분 :

눈물 맛은 짜다

김선희

할아버지를 불렀다. 할아버지가 안경 너머로 나를 올려다 봤다.

"할아버지의 아빠는 무슨 일을 하셨어요?"

"농부셨지."

"할아버지는요?"

"나도 농부였지. 우리 아버지는 훌륭한 농부였단다. 나도 아버지 같은 훌륭한 농부가 돼야겠다고 생각했지."

"그럼 나도 공장에 다녀야 해요?"

할아버지는 천천히 바둑판 위에 바둑알을 올려놓았다. 엄지손가락이 없는 할아버지 손이 오늘 따라 더 불쌍해 보였다.

할아버지가 물었다.

"아빠가 공장 다니는 게 창피하냐?"

나는 깜짝 놀라서 할아버지를 바라보았다. 할아버지가 내 마음을 어떻게 알았을까?

할아버지한테만큼은 사실대로 말할 수 있을 것 같았다.

낮에 학교에서 사회 시간에 있었던 일을 이야기했다. 또 사회 숙제 내용까지도……. 말하고 나니까 가슴을 누르고 있던 무거운 돌을 내던진 기분이었다.

"미안하구나. 이 할애비가 공부를 많이 시켰으면 좋았을 텐데."

1 이야기의 내용과 다른 것을 고르세요.

① 할아버지와 아이가 대화를 하고 있다.
② 할아버지의 아버지는 회사원이셨다.
③ 사회 시간에 있었던 일을 할아버지께 말씀드렸다.
④ 주인공의 아버지는 공장에 다니신다.

2 할아버지의 아버지를 뭐라고 부르는지 사전에서 찾아보세요.

3 할아버지는 아이에게 왜 미안하다고 했나요?

할아버지는 잠시 뭔가를 생각하더니 말했다.

"아빠 어렸을 때는 어땠어요? 나처럼 공부도 못하고 말썽만 피웠어요?"

갑자기 내 미래의 모습과 지금의 아빠 모습이 겹쳐졌다. 다리를 절뚝거리며 공장에 다니는 어른이 된 나? 어휴, 생각만 해도 끔찍하다.

"궁금하냐?"

"네."

"네 아빠는 참 착한 아이였어. 내가 엄지손가락을 잃었을 때 울면서 그러더구나. 자기 엄지손가락을 떼어서 줄 수만 있다면 주겠다고. 나중에는 자기 엄지손가락을 내 것처럼 쓰라고. 힘든 일도 얼마나 잘 도와줬는지 모른다."

갑자기 뜨거운 물벼락을 맞은 기분이었다. 나는 절뚝거리는 아빠 다리가 부끄러웠는데. 누가 알기라도 하면 놀릴까 봐 아빠가 멀리서 오면 도망가곤 했는데.

할아버지는 더 이상 아무 말도 하지 않았다.

나는 잠을 잘 수가 없었다. 밤이 깊어 갈수록 정신은 더 또렷해졌다. 어려운 퍼즐을 풀 때처럼 머릿속이 복잡하다가도, 또 날이 밝아 올 때처럼 점점 맑아지기도 했다.

아빠가 할아버지의 엄지손가락이 되어 주었던 것처럼, 나도 아빠의 다리가 되어 줄 수 있을까?

1 이야기의 내용을 제대로 알고 있는 사람은 누구인가요?

① 강표 – 아이는 할아버지를 싫어한다.

② 은혜 – 할아버지는 불효자이다.

③ 미리 – 할아버지와 아버지의 사이가 좋지 않다.

④ 예슬 – 아이는 할아버지 말씀을 듣고 나서 감동을 받았다.

2 등장인물과 성격을 줄로 이어 보세요.

① 할아버지 •	• ㉠ 아버지를 부끄러워한 것을 반성하고 있다.
② 아버지 •	• ㉡ 효성이 지극하다.
③ 아이 •	• ㉢ 힘든 일도 잘 도와주는 아들을 사랑한다.

3 아이는 아빠가 멀리서 오면 왜 도망을 갔을까요?

내가 생각해 두었던 지상 최대의 생일잔치는 바로 '아빠와 목욕 가기' 였다. 새벽에 일어나 아빠와 목욕탕에 가서 아빠 등을 밀어 줄 생각이었다. 칠천 원이면 아빠와 목욕비를 내고 남은 돈으로 삶은 달걀까지 사 먹을 수 있다.

머리도 나쁜 내가 정말 엄청난 고민 끝에 생각해 낸 선물이었다. 아빠하고 목욕을 간다는 것은, 이제 내가 더 이상 아빠 다리를 부끄러워하지 않게 되었다는 뜻이다.

아빠 다리는 백만 불짜리 다리다. 아빠 다리로 우리 집 식구를 다 먹여 살리니까. 내 다리는 달리기도 잘하고 회초리도 잘 견디는 무쇠 다리이다.

이제 나도 아빠한테 내 무쇠 다리를 빌려 주고 싶다.

눈물 맛은 짜다(김선희 지음, 웅진씽크하우스, 2006)

1 아이의 마음을 가장 잘 나타낸 말을 찾아보세요.

① 아빠와 함께 목욕 가기가 싫어 투덜대고 있다.

② 아빠를 위한 생일 기념으로 놀이공원에 가기로 했다.

③ 아빠의 다리를 이제 더 이상 부끄러워하지 않게 되어 아빠와 함께 목욕탕에 가기로 했다.

④ 내 다리는 백만 불짜리이며 게다가 무쇠 다리이기도 하다.

2 여러분이 아빠에게 해 드릴 수 있는 '아주 특별한 선물'에는 어떤 것들이 있을까요?

3 아버지의 신발을 본 적이 있나요? 가족을 위해 열심히 일하시는 아버지의 모습과 연결시켜 시를 써 보세요.

4 퍼즐 맞추기

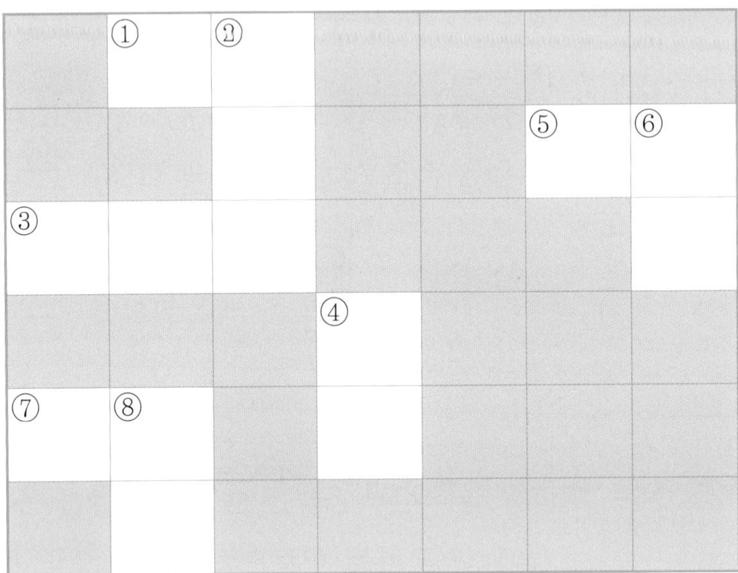

〈가로 열쇠〉

1. 전하여 들리는 말
3. 어머니의 친정집
5. 노래하는 것을 직업으로 삼는 사람
7. 아프리카나 사막 등지에 사는 큰 새로 날지는 못 하지만 다리가 몹시 발달되어 잘 달림

〈세로 열쇠〉

2. 대답을 요구하느라 묻는 물음들로 엮은 책, 문제가 많이 들어 있으며 공부할 때 쓰는 책
4. 비가 올 때 손을 들고 머리 위를 가리는 물건
6. 닭의 수컷
8. 두 쪽의 단단한 조가비에 싸인, 물 속에 사는 동물

아이는 얼마 전까지 다리를 저는 아빠를 부끄러워 했지만 이제는 자랑스럽게 생각하고 있어요. 아빠, 엄마가 자랑스러웠던 날을 자세히 써 보세요.

심청전

그림을 보고 이야기의 내용을 말해 보세요.

1 다음 중 효도의 뜻을 다르게 알고 있는 어린이는 누구인가요?

① 상훈 – 부모님의 말씀을 잘 듣는 게 효도야.

② 납순 – 무조건 공부만 잘하면 돼.

③ 철현 – 음식을 골고루 먹으며 건강한 것도 효도야.

④ 선옥 – 부모님의 마음을 편하게 해 드려야 해.

2 여러분은 심청이가 한 일에 대해 어떻게 생각하나요? 만약 여러분이라면 심청이처럼 인당수에 빠졌을지 생각해 보세요.

3 여러분은 부모님을 기쁘게 해 드리기 위해 어떤 일들을 할 수 있나요?

내가 꾸민 심청 이야기

그림을 보고 이야기를 만들어 보세요.

속담 하나 둘 셋!

1. 부모 말을 들으면 자다가도 떡이 생긴다-부모의 말을 잘 들으면 좋은 일이 생긴다는 말
2. 부모 잘 받드는 사람이 나라도 잘 받든다-부모를 위할 줄 아는 사람이라야 나라에도 충성을 할 수 있다는 말
3. 내리사랑은 있어도 치사랑은 없다-윗사람이 아랫사람을 사랑하기는 쉬우나, 아랫사람이 윗사람을 사랑하기는 어렵다는 뜻

세 가지 속담은 모두 무엇에 대해 말하고 있나요?

효도

다시 만난 심봉사와 심청은 어떻게 지냈을까요? 뒷이야기를 꾸며 보세요.

어떤 말이 맞을까요?

‘이따가’ 와 ‘있다가’

① 영수야, 이따가 나한테 오너라.

② 영수야, 있다가 나한테 오너라.

올바른 쓰임은 ①번입니다.

‘이따가’ 는 조금 지난 후를 뜻하며, ‘있다가’ 는 있다, 머물다의 뜻입니다.

‘이따가’ 와 ‘있다가’ 를 넣어 문장을 완성해 보세요.

① ________ 단 둘이 있을 때 이야기 하자.

② 우리 속담에 죄 지은 놈 옆에 ________ 벼락 맞는다는 말이 있어.

정답 ① 이따가 ② 있다가

4 한문논술

생활 속의 한자 달력에 숨은 한자 찾기!

만화로 익히는 한자성어 견물생심

여자와

남자가 만나면

호호호

크다(호) 浩

부르다(호) 呼

지게(호) 戶

복(호) 祜

女＋子＝好

한자와 논술이 만나면??

下 아래(하)

河 물(하)

하하하

夏 여름(하)

賀 축하(하)

달력에 숨은 한자 찾기!

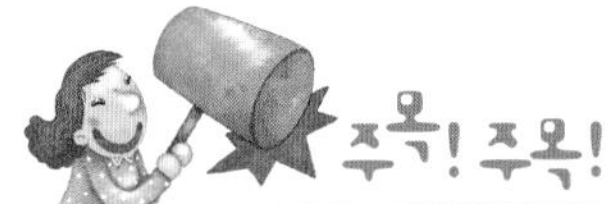

요일별 한자 알기

월요일은 **月** 달(월)　화요일은 **火** 불(화)　수요일은 **水** 물(수)　목요일은 **木** 나무(목)
금요일은 **金** 쇠(금)　토요일은 **土** 흙(토)　일요일은 **日** 날(일)

1 달력을 보고 요일별 한자를 찾아 빈칸을 알맞게 채워 보세요.

① 5월 5일 : (   ) 요일

② 5월 8일 : (   ) 요일

③ 5월 21일 : (   ) 요일

④ 5월 31일 : (   ) 요일

2 그림과 한자를 알맞게 이어 보세요.

①

②

③

㉠ 火　　㉡ 日　　㉢ 月

3 지난 5월 5일 어린이날 무엇을 하며 보냈는지 떠올려 보세요. 그리고 가장 기억에 남았던 일을 일기 형식으로 써 보세요.

제목 : 날짜 : 날씨 : 기분 :

견물생심

강산아! 나 생일 선물로 오락기 받았다! 좋겠지?
난 오락보다 만화가 더 재밌던데.
나도 예전엔 그랬어! 근데 오락기 화면 안에서 마리오가 내 맘대로 움직이니까 재밌더라~
그래도 난 만화가 더 좋아.

이따 수업 끝나고 우리 집에 가서 같이 한 판 하자! 응?
그러든가~
강산아, 한 판 더 하자!
내가 이번엔 꼭 이길 거야!
삐
뿅
삐
뿅
뿅

강산아, 만화보다 오락이 더 재밌지?
응! 보기만 하는 것보다 내가 조종하는 게 더 재밌어!
와~~~ 이번엔 내가 이겼다!!
엄마!! 이번 생일선물로 오락기 사 주세요!
오락기? 아침까지만 해도 만화 비디오 사 달라더니?
오락기를 실제로 해 보니까 재밌던 걸요.

견물생심, 무슨 뜻일까요?

강산이 같은 경험을 해본 적이 있나요?

좋은 물건을 보면 누구나 그것을 가지고 싶어 하는 마음이 생기지요. 하지만 지나친 욕심은 버려야 해요. 아무리 갖고 싶어도 내 것이 아닌 남의 것을 뺏거나 욕심내면 안 되지요. 이런 가르침을 주는 말 중에 '견물생심'이 있어요.

見(견) 物(물) 生(생) 心(심)

어떠한 실제 물건을 보게 되면 그것을 가지고 싶은 욕심이 생김

1 사자성어에 쓰인 한자를 점선 따라 쓰고, 뜻을 쓰세요.

2 팔도와 강산이가 두 가지 다 만족하며 가지고 놀 수 있는 가장 좋은 방법은 무엇인가요?

① 강산이가 팔도의 오락기를 뺏어온다.

② 팔도가 강산이의 만화 비디오를 뺏어온다.

③ 팔도네 집에서는 오락을 하고, 강산이네 집에서는 만화 비디오를 함께 본다.

④ 강산이는 엄마를 졸라 끝내 오락기를 사야 한다.

3 남의 물건이 갖고 싶어 몰래 뺏거나, 친구와 싸운 적이 있나요? 또는, 엄마를 졸라 장난감을 산 기억이 있나요? 여러분이 겪은 일 중에 하나를 골라 써 보세요.

어떤 말이 맞을까요?

'닫히다' 와 '다치다'

① 큰 바람이 불자 열어 놓았던 창문이 저절로 다쳤다.

② 큰 바람이 불자 열어 놓았던 창문이 저절로 닫혔다.

올바른 쓰임은 ②번입니다.

'닫히다' 는 문이나 서랍 등이 닫힘을 뜻하고, '다치다' 는 부딪히거나 맞아서 몸에 상처가 나는 것을 뜻합니다. 소리는 같지만 전혀 다른 뜻을 가지고 있습니다.

'닫히다' 와 '다치다' 를 넣어 문장을 완성해 보세요.

① 지금쯤 학교 정문은 ______ 거야.

② 서현이는 달리는 자전거와 부딪혀 팔을 ______.

정답 : ① 닫혔을 ② 다쳤다

5 찬반양론

의견 대립 쌍둥이의 생일잔치, 어디에서 할까?

시험의 필요성 시험 보는 날, 학교 가기 싫어요

주장합니다!!

외칩니다!!

내 말대로 해!!

목소리가 크다고
모두 옳은 건 아니죠!

쌍둥이의 생일잔치, 어디에서 할까?

쌍둥이 자매 보라와 새라의 생일이 돌아왔습니다. 그런데 두 사람에게는 고민이 있습니다. 생일잔치를 해야 하는데 보라와 새라의 생각이 다르기 때문입니다. 보라는 패스트 푸드점에서 생일잔치를 해야 한다 하고, 새라는 집에서 해야 한다면서 팽팽하게 맞섰습니다.

보라 : 생일잔치는 패스트푸드점에서 하는 게 좋겠어. 우리 반 아이들이 피자와 햄버거를 좋아하니까…. 친구들이 좋아하는 음식을 먹는 게 낫지.

새라 : 모두가 좋아하는 것은 아냐. 피자와 햄버거 같은 인스턴트 음식은 몸에 안 좋아. 그래서 그런 음식을 안 먹는 친구도 있을 거야.

보라 : 하지만 간편하게 먹을 수도 있는 데다가 패스트푸드점에는 실내놀이터도 있어.

새라 : 아니야, 집에서 하면 밖에서 사 먹는 것보다 더 좋은 음식을 먹을 수 있는 데다가 친구들과 우리 방에서 놀고 나면 훨씬 가까워질 수 있을 거야.

보라 : 그럼 우리가 공책에 각각의 장점과 단점을 적어 보면서 모두에게 이로운 걸로 하기로 하자.

1 보라와 새라는 무슨 일로 고민하고 있나요?

① 가람 – 보라와 새라는 생일에 친구를 몇 명 초대할 것인지 고민하고 있어.

② 요한 – 보라와 새라는 새로 이사 간 집에서 어떤 방을 쓸 것인지 결정하고 있어.

③ 슬기 – 보라와 새라는 몸에 좋은 것과 좋지 않은 음식을 나누고 있어.

④ 성훈 – 보라와 새라는 생일잔치를 어디에서 해야 할지에 대해 고민하고 있어.

2 여러분은 누구의 의견에 찬성하나요?

나는 (   )의 의견에 찬성합니다.

그 이유는

3 친구의 생일잔치에서 있었던 일 중 기억에 남는 일을 써 보세요.

시험 보는 날, 학교 가기 싫어요

다솜이는 중학교에 다니는 언니가 밤새 시험공부를 하는 것을 보았다. 언니는 시험 때문에 걱정이 많다. 다솜이는 종훈이에게 시험을 꼭 봐야 하는지에 대해 물었다.

종훈 : 시험은 꼭 필요하다고 생각해. 그동안 배운 것을 짚어 보는 게 시험이야.

다솜 : 난 그렇게 생각하지 않아. 학생이 스스로 공부하면 되지 왜 시험까지 봐야 해? 반드시 시험을 잘 보려고 공부하는 것은 아니잖아.

종훈 : 그래? 하지만 놀기만 하던 친구들도 시험 본다고 하면 공부를 하잖아. 여기에 시험까지 안 본다면 불 보듯 뻔해. 진짜 공부 안 할 걸.

다솜 : 하지만 시험을 못 보면 사람들이 얼마나 깔보는데…….

종훈 : 시험은 비교하기 위해 보는 게 아니라 내가 무엇을 배웠는지 살펴보는 거야.

다솜 : 네가 무슨 말을 하더라도 난 달라지지 않아. 시험은 필요 없는 거야.

1 다솜이가 주장하는 내용은 무엇인가요?

① 하루에 몇 시간 공부해야 하는지 정해 보자.

② 학원에 다녀야만 공부를 잘하게 된다.

③ 시험을 볼 필요는 없다.

④ 우린 아직 어리기 때문에 놀아야 한다.

2 여러분은 누구의 의견에 찬성하나요?

나는 (　　　　　)의 의견에 찬성합니다.

그 이유는

3 시험을 잘 보았거나 망친 경험이 있나요? 그때의 기분은 어땠나요?

어떤 말이 맞을까요?

'이'와 '이빨'

① 호랑이 이빨은 아주 날카로워.

② 호랑이 이는 아주 날카로워.

올바른 쓰임은 ①번입니다.

'이'는 척추동물의 입안에서 물거나 음식을 잘게 부수는 일을 하는 기관을 말하며, 이빨은 동물의 이를 말하거나, 사람의 '이'를 낮잡아 이르는 말입니다.

'이'와 '이빨'을 넣어 문장을 완성해 보세요.

① 승연아, 밥을 먹고 나서는 꼬박꼬박 _____ 를 닦아야 한단다.

② 쥐가 _____ 로 물건을 물어뜯는 이유를 아니?

정답 ① 이 ② 이빨

6 생활철학

내 것과 남의 것

오성과 한음 이야기로 본 나무 소유권

인종차별 다른 것과 틀린 것

로마에 가면 로마법을!

한국에선 한국법을!

국가와 민족은 달라도…

우리 사이에서는…

양심

오성과 한음 이야기로 본 나무 소유권

오성과 한음은 친구 사이입니다. 어느 가을날, 한음의 집에 오성이 놀러 왔습니다.

"이야, 저 감 참 탐스럽게도 익었구나!"

오성이 감탄하자 한음은 친구와 함께 감을 나누어 먹고 싶었습니다. 그래서 하인에게 잘 익은 감 몇 개를 따오라고 시켰지요. 그런데 하인이 말하기를

"감은 따기 어렵겠는데요. 옆집 하인들이 자기네 마당 쪽으로 넘어온 가지는 자기네 것이라고 자꾸 우겨대서……."

하인의 말을 들은 오성이 한음에게 물었습니다.

"옆집에 누가 사니?"

"권 판서 대감이야. 권 판서는 매우 어진 분이신데, 그 집 하인들이 가끔 우리 집 하인들을 못살게 굴더구나."

오성과 한음은 머리를 맞대고 궁리했습니다. 그리고 웃으며 옆집으로 갔습니다.

"대감님, 저의 무례함을 용서하세요."

오성은 옆집 대감의 사랑방 앞에 서서 창호지를 바른 문 안으로 팔을 쑥 들이밀었습니다. 책을 읽고 있던 권 판서는 방문을 뚫고 들어온 팔을 보고 깜짝 놀랐습니다.

"아니, 이게 무슨 짓이냐?"

"대감님, 죄송합니다. 하지만 하나만 여쭙겠습니다. 이 팔은 누구의 팔인가요?"

" 아니 그야 네 팔이지. 누구 팔이겠느냐?"

오성은 계속 물었습니다.

"지금 팔이 방 안으로 넘어가지 않았습니까?"

"방 안에 들어와도 네 몸에 붙었으니 네 팔이지."

오성의 말에 권 판서는 하도 어이가 없어 웃음이 나왔습니다.

오성은 마지막으로 물었습니다.

"그럼, 저 담 너머로 뻗어온 감나무 가지는 누구의 것입니까?"

권 판서는 그제야 오성이 방문으로 팔을 내민 까닭을 알게 되었습니다.

"가지가 넘어 왔어도 뿌리가 옆집 것이니 가지와 감은 너희 것이다."

권 판서가 웃으며 말하였습니다.

"이 댁 하인이 넘어온 가지를 자기네 것이라고 주장하니 이렇게 한 것입니다."

오성과 한음은 맛있는 감을 바구니 가득 담아 와 사이좋게 나눠 먹었답니다.

이항복(1556~1618)

조선 중기의 문신으로 '오성 대감'으로 널리 알려졌으며, 특히 소년 시절 친구인 한음 이덕형과 기발하고 재치 있는 장난을 즐겨 많은 이야기를 남겼다. 9세 때 아버지를 여의어 자라면서 힘들게 생활했지만, 어머니의 도움으로 열심히 공부하게 되었다. 그러고는 1580년 문과에 급제하여 나라에 공을 세웠다. 임진왜란이 일어났을 때에는 선조와 왕비, 왕자 등을 보호하고 뒷수습을 하는데 힘썼다. 그 뒤로 정승에 올랐으나 당파 싸움이 심하던 때라 많은 어려움이 있었다. 특히 1618년 광해군의 계모 인목대비를 내쫓자는 말에 반대하다가 귀양 가서 다섯 달 만에 세상을 떠났다.

이덕형(1566~1645)

조선 중기의 문신으로 호는 '한음'이다. 어려서부터 재주가 뛰어나고 특히 글 쓰는 재주가 좋아 20세에 문과에 급제한 뒤 대사성·대제학의 벼슬에 올랐나. 임진왜란이 일어나자 일본 사신의 마음을 돌리려고 애썼으나 실패했다. 그 뒤 임금을 정주로 피난시키고, 사신으로 명나라에 가서 구원병을 불러왔다. 1601년에는 경상·전라·충청·강원도의 4도 도체찰사가 되어 전쟁으로 어지러워진 백성들의 마음을 헤아리고 군사를 정비하는데 힘썼으며, 이듬해 영의정에 올랐다. 광해군 때 영창대군의 처벌과 인목대비를 내쫓자는 말에 반대하다가 벼슬에서 쫓겨나고, 지방에 내려가 살다가 세상을 떠났다.

• **도제찰사** : 조선시대에 전쟁이 났을 때 군대를 맡아 보는 최고의 군직.

1 이야기와 다른 내용을 찾아보세요.

① 오성과 한음은 지혜롭게 감을 되찾았다.

② 권 판서는 자기 방으로 넘어온 오성이의 팔이 자기 것이라고 했다.

③ 권 판서 댁 하인들은 감나무 가지가 넘어 왔으니 감도 자기네 것이라고 했다.

④ 뿌리를 한음이네 집에 둔 감나무는 가지가 옆으로 뻗는다 해도 한음이네 것이다.

2 남의 것을 자기 것이라며 억지를 쓰는 사람들에게는 무슨 말을 해 주면 좋을까요?

3 여러분은 오성과 한음처럼 친한 친구가 있나요? 친구를 소개하고 그 친구와 있었던 일에 대해 써 보세요.

다른 것과 틀린 것

우리는 세계 여러 민족과 함께 어우러져 살고 있어요. 사람은 모두 똑같이 귀한 데 어떤 사람들은 다른 나라 사람들을 차별하기도 해요. 다음은 푸른 초등학교에서 있었던 일입니다.

푸른 초등학교에 전학생이 온다고 합니다. 푸른 초등학교는 전교생이 많지 않은 학교라 작은 소문이라도 금세 퍼져 학생들이 알게 됩니다.

"전학 오는 아이, 우리 축구팀에 넣자!"

"아니야, 우리 그림 그리기반에 들어오라고 할 거야."

아이들은 앞으로 함께 공부하게 될 친구가 어떤 아이일지 매우 궁금했습니다. 다음날, 선생님은 새 친구를 소개했습니다.

"오늘 새 친구가 온다는 소식 모두 알고 있었죠? 우리와 함께 공부할 시엔이에요."

친구들은 모두 놀랐습니다. 전학생은 베트남에서 온 초콜릿색 피부를 가진 아이였습니다.

시엔은 부모님이 한국에 일하러 오게 되어 한 달 전 한국으로 오게 되었다고 합니다. 시엔은 한국 음식도 좋아하고 만화 '둘리'도 재미있게 봤다고 했습니다. 시엔은 한국 친구를 사귀게 될 기

대에 우리말도 열심히 공부했다고 합니다.

"친하게 지내자."

시엔이 짝꿍인 민규에게 손을 내밀었습니다. 그러자 민규는 얼른 손을 뒤로 감추었습니다.

"싫어, 너와 난 틀리니까."

틀리다구? 시엔은 어리둥절했습니다.

"맞아, 넌 우리와 생긴 것도 틀리고, 한국 사람도 아니잖아. 너희 나라로 가!"

민규 가까이에 있던 친구들도 시엔을 둘러싸며 말했습니다.

"넌 우리와 틀리잖아. 틀려!"

그 때 교실에 들어오시던 선생님이 아이들을 보았습니다.

"얘들아, 너희는 모두 똑같단다. 단지 겉모습이 조금 다를 뿐이란다. 시엔은 너희들과 '틀린 것'이 아니라 겉모습만 '다른 것'일 뿐이야. 겉모습이 다르다고 해서 차별하는 건 절대 안 돼!"

선생님은 칠판에 큰 글씨로 쓰셨습니다.

'틀린 것'이 아닌 '다른 것'

아이들은 나와 다르다고 해서 그것을 옳지 못하다고 생각한 것이 부끄러웠습니다. 시엔의 일 말고도 누군가 특이한 버릇이 있거나 특징이 있으면 아이들은 모두 자기와 틀리다고 생각했었습니다.

민규가 시엔에게 어깨동무를 했습니다. 그리고는 운동장을 힘차게 달렸습니다. 민규의 이마에도, 시엔의 이마에도 똑같이 땀방울이 맺혔습니다.

• **차별** : 차이를 두어 구별하는 것.

1 내용과 다른 이야기를 한 사람은 누구인가요?

① 한나 – 시엔이 전학 오자 민규는 한국어를 가르쳐 주며 친하게 지냈어.

② 준민 – 푸른 초등학교 학생들은 새로운 전학생에 대해 무척 궁금해 했어. 그런데 시엔을 보고 놀랐지.

③ 연석 – '틀리다'는 말은 답이 틀릴 때 쓰는 말이야. 사람은 서로 '다를 뿐'이야.

④ 송이 – 다른 나라에서 왔다고 해서 차별하는 건 옳지 못해. 우리는 국제화 시대에 살고 있잖아.

2 '다르다'와 '틀리다'를 구분해 보세요.

① 나는 백군인데 너는 청군이구나. 우리는 팀이 (　　　　　)

② 5×6=30인데 42라고 썼네. 답이 (　　　　　)

③ 우리는 모두 외모도 (　　　　　) 성격도 (　　　　　)

• 다르다 : 비교가 되는 두 대상이 서로 같지 않은 것.
• 틀리다 : 셈이나 사실이 어긋나다.

3 다른 나라 사람들을 대할 때 어떤 태도를 가져야 할까요?

어떤 말이 맞을까요?

'배다' 와 '베다'

① 날카로운 종이에 손을 배었어.

② 날카로운 종이에 손을 베었어.

올바른 쓰임은 ②번입니다.

'배다' 는 냄새가 스며들어 오래도록 남아 있다는 뜻이고, '베다' 는 날이 있는 물건으로 자르거나 가르다는 뜻입니다.

'배다' 와 '베다' 를 넣어 문장을 완성해 보세요.

① 옷에 반찬 냄새가 ______ 않도록 해라.

② 연필을 깎다가 손가락을 ______.

정답 : ① 배지 ② 베었다

7 경제논술

생산자에서 소비자까지

내가 물건을 사기 위해서는

난지도의 변화

사실은 보물이었어!

plus + 1 하나 더 알기 – 재활용 우리들의 변신은 무죄!

내가 물건을 사기 위해서는

우리는 가게에 가서 물건을 고르고 값을 치르기만 하면 되는 편리한 생활을 하고 있어요. 하지만 하나의 물건이 나에게 오기까지는 여러 차례의 과정을 거쳐야 하지요.

미나는 슈퍼마켓에서 과자 한 봉지를 샀다. 미나는 과자를 먹으면서 과자가 어떻게 만들어졌을까 궁금해졌다.

'먼저 무엇부터 필요할까?'

과자 봉지를 이리저리 살펴보니 밀가루가 눈에 띄었다.

'밀을 키워서 가루를 만들고… 여기에 초콜릿도 들었으니까… 재료도 필요하고, 모양도 만들어야 하고… 아, 복잡해.'

미나는 엄마께 여쭤 보았다. 엄마는 종이에 그림을 그려가며 자세히 설명해 주셨다.

미나는 엄마의 설명을 듣고 '과자 한 봉지가 나에게 오기까지 많은 사람들의 손을 거쳐야 하는구나' 하는 생각을 했다.

1. 과자를 만들기 위해서는 맨먼저 밀가루나 초콜릿, 과일맛이 나는 설탕 등을 준비해야 해.

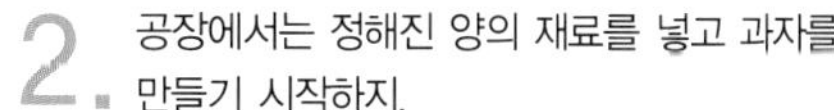

2. 공장에서는 정해진 양의 재료를 넣고 과자를 만들기 시작하지.

공장-밀가루, 초콜릿, 과일맛 사탕 등의 재료 준비

공장-정해진 양에 맞게 과자 만들기

3. 과자가 모두 만들어지면 주성분이 무엇인지, 어느 정도의 양이 들어 있는지가 적힌 과자 봉투에 넣어 포장을 한단다.

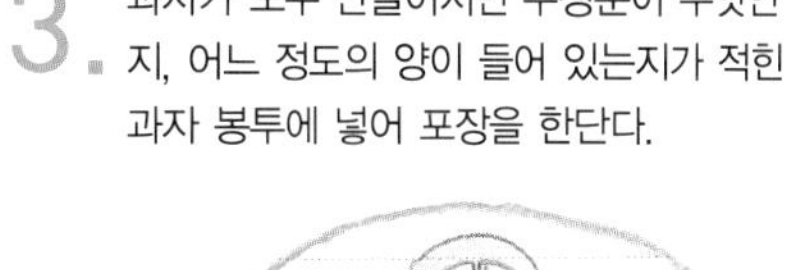

공장-성분 검사 뒤 포장하기

4. 과자 봉투 포장이 끝나면 상자에 담아 트럭에 실은 뒤, 도매상으로 옮긴단다.

도매시장-가게를 하는 사람들의 시장

5. '도매시장'에서 사 온 과자를 '소매시장'이라고 말하는 일반 가게에서 우리가 살 수 있는 거란다.

소매시장-우리가 과자를 사는 가게

6. 과자 한 봉지가 만들어지기까지 많은 사람들의 손을 거쳐야 하는 걸 잘 알겠지?

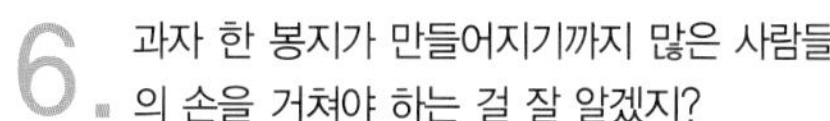

소비자-과자를 사는 사람들

1 미나와 엄마의 대화는 무슨 내용인가요?

① 미나가 과자를 사기 위해서는 어떤 과정을 거쳐야 하는지 엄마의 설명을 듣고 있다.

② 미나가 과자 만드는 공장에 견학 갔던 이야기를 엄마께 하고 있다.

③ 학교 신문에 나온 '과자 공장에서 생긴 일'에 대해 이야기하고 있다.

④ 엄마는 그동안 미나네 가족이 이사 다녔던 집을 미나에게 설명해 주셨다.

2 생산자와 판매자, 소비자를 알맞게 연결해 보세요.
(생산자이면 '생', 판매자이면 '판', 소비자이면 '소'를 쓰세요.)

① 사과 농사를 짓는 할아버지 (　　　)

② 백화점에서 구두를 산 언니 (　　　)

③ 연필을 파는 문구점 아저씨 (　　　)

④ 생선을 잡아 온 어부 (　　　)

3 맛있는 귤을 사려고 합니다. 우리 손에 귤이 오기까지의 과정을 생각해 보고 빈 칸을 채우세요.

(①) → (귤 포장) → (②) → (소매시장) → (소비자, 우리)

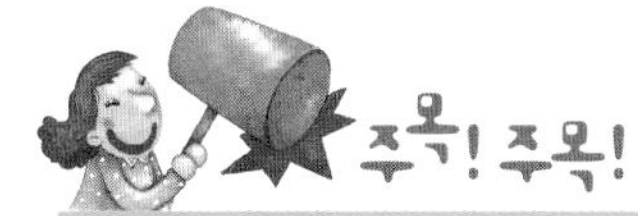

생산자란?
물건을 만들어 내는 사람.

소비자란?
돈이나 시간, 노력 등을 들여 물건을 구입하거나 사용하는 사람.

판매자란?
물건을 파는 사람.

사실은 보물이었어!

도시에서 나오는 쓰레기의 양은 엄청나지요. 쓰레기는 심한 악취를 풍기고 많은 세균을 만들어 낸답니다. 이런 쓰레기를 처리하려면 쓰레기 처리장이 필요해요. 하지만 쓰레기를 모아 두는 곳이 생겼다고 해도 주위 환경을 오염시키는 쓰레기 더미는 또 문제를 만들지요. 그런데 얼마 전, 쓰레기를 모아 두었던 난지도가 아름다운 서울 월드컵 경기장 공원으로 바뀌었어요.

쓰레기들이 쌓여 큰 산을 이루던 곳의 이름은 '난지도' 이다. 난지도는 원래 "예쁜 꽃과 향기 나는 곳"을 뜻하지만 이름과는 달리 쓰레기 산이었다. 쓰레기 때문에 한강물이 오염되는 등 서울의 골칫거리였다고 할 수 있다. 그런 난지도가 어떻게 제 이름처럼 아름다운 곳으로 바뀌게 되었을까?

서울시는 버려진 땅을 자연 환경에 도움이 되는 땅으로 만들었다. 2002년 월드컵이 열리자 축구 경기를 하게 될 경기장 주변을 아름답게 꾸미려고 하였다. 난지도를 흙으로 덮어 공간을 만들었고 갖가지 풀과 꽃을 심었다. 꽃씨를 퍼뜨리게 하는 나비도 풀어 놓았다. 나비는 꽃씨를 여기저기에 옮기며 꽃을 피어나게 했고, 서울시가 심은 억새풀은 점점 자라서 이제는 억새풀 축제를 할 수

있을 만큼이 되었다. 지금 난지도에는 족제비, 멧돼지, 너구리 등 야생동물이 살고 있다. 사람들은 쓰레기 산이었던 곳에서 천연기념물인 동식물까지 산다는 이야기를 듣고 매우 기뻐했다.

사람들은 오늘도 월드컵 공원을 찾는다. 아름다운 산으로 바뀌고 난 뒤 관광객의 숫자는 눈에 띄게 많아졌고, 월드컵 당시 다른 나라의 축구팬들도 공원의 숨겨진 비밀을 알고 놀라워했다.

1 난지도에 대한 설명 중 사실과 맞지 않은 내용은 무엇인가요?

① 수현 – 난지도는 도시의 쓰레기를 처리하는 쓰레기 더미였어.

② 수안 – 서울시는 2002년 월드컵에 맞춰 쓰레기 산을 아름다운 도시 공원으로 바꾸었어.

③ 아린 – 더럽고 냄새나는 곳이 아름다운 자연환경이 될 수 있다니 정말 놀라워.

④ 준희 – 난지도는 원래 쓰레기 산이니까 관광객이 쓰레기를 버려도 돼.

2 쓰레기 산이었던 난지도가 훌륭한 공원이 된 걸 보고 무엇을 느꼈나요?

3 '버리는 손 미운 손, 줍는 손 예쁜 손'이란 말이 있는데, 무슨 뜻일까요?

산이나 공원에 가 본 경험을 되살려 '자연보호'라는 제목으로 글을 써 보세요.

우리들의 변신은 무죄!

'쓸모 없는 것'이라고 여기는 물건들이 우리 주변에는 아주 많아요. 그러나 생각을 바꾸면 '쓸모가 많은 물건'이 되지요.

반짝 도시에서는 날마다 새로운 물건이 인기를 끕니다. 새 차가 나오면 누구나 새 차를 탑니다. 또, 새 옷을 입어야 예쁘다고 합니다. 새 신발을 신어야 잘 뛸 수 있다는 소문이 나자 반짝 초등학교 운동회에서는 모두가 새 신발을 신고 달립니다. 새 책, 새 공책, 일회용품……. 반짝 도시에 '다시 쓰기'는 없습니다.

어느 날 뉴스에 반짝 도시의 시장이 나왔습니다.

"우리 도시는 가난해졌습니다. 사람들이 버린 쓰레기를 처리하느라 돈도 많이 듭니다. 우리 도시에는 아직 쓸 만한 물건을 버리는 사람들뿐입니다. 수집 도시를 보니 시민들 모두 물건을 다시 쓰고 아끼며 살아갑니다. 수집 도시는 깨끗합니다. 우유 팩으로 다시 종이를 만들고, 페트병으로 연필꽂이와 화분을 만들어 씁니다. 폐식용유를 모아 비누를 만들기도 합니다. 반짝 도시가 수집 도시를 본받아야 합니다."

반짝 도시 시민들은 모두 박수를 쳤습니다. 이제, 수집 도시처럼 아끼고 다시 쓰기를 연습합니다.

소식을 듣고 수집 도시 시장이 반짝 도시를 방문했습니다.

"우선, 내가 버린 물건 중 쓸 만한 것을 찾아보세요. 쓰레기도 아주 훌륭한 자원이 됩니다."

새로 산 신발만 신고 다녀서 발이 아팠던 학생들도 신을수록 발에 익숙해져 부드러워진 운동화를 신고 달리니 더 빨리 달릴 수 있었습니다. 그런데 반짝 시민들은 '쓰레기도 아주 좋은 자원이 된다'는 수집 도시 시장의 말은 잘 모르겠습니다. 내가 버리려고 했던 것들 중 무엇을 다시 쓸 수 있을까요? 또 어떻게 다시 쓰면 좋을까요?

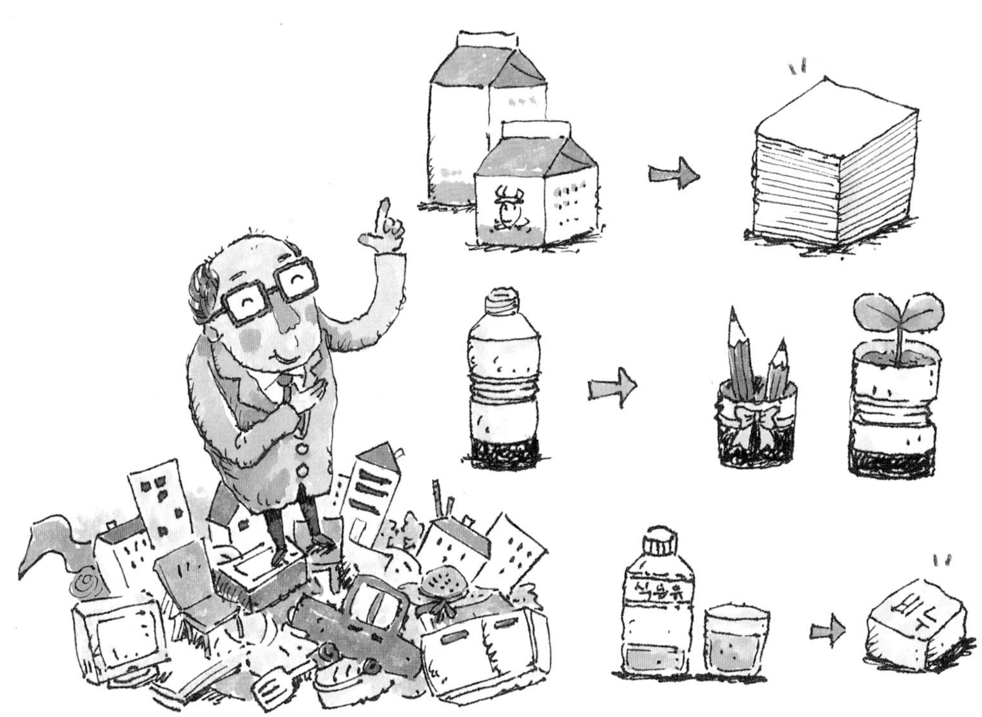

1 다시 쓸 수 있는 물건들을 반짝 도시 시민들에게 가르쳐 주세요.

2 우유 팩, 깡통, 아이스크림 막대기 등을 주운 반짝 도시 친구는 이것들로 새로운 물건으로 만드려고 해요. 무엇을 만들면 좋을까요?

3 반짝 도시 사람들이 아껴 쓰고 다시 쓴다면 반짝 도시는 어떻게 달라질까요?

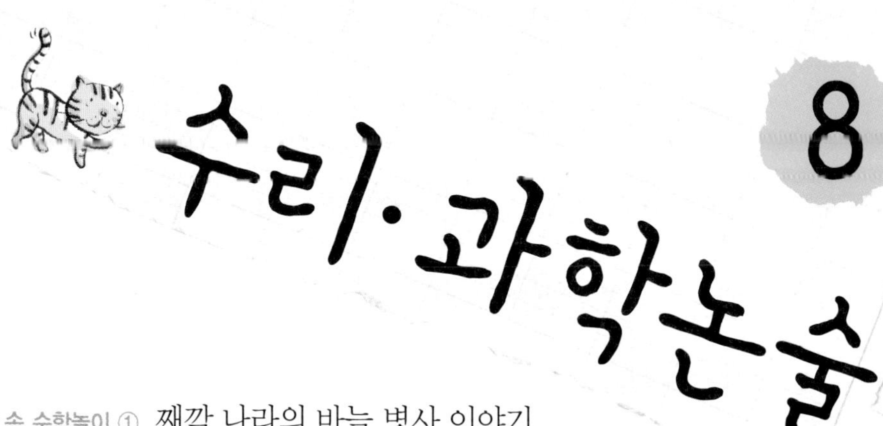

생활 속 수학놀이 ① 째깍 나라의 바늘 병사 이야기

생활 속 수학놀이 ② 집에서 학교까지 가장 빠른 길은?

생활 속 과학 이야기 ① 하늘 색깔로 날씨 맞추기

생활 속 과학 이야기 ②

하루 세 번 양치질은 기본! 3·3·3 실천 운동

이는 왜 썩는 것일까요?

째깍 나라의 바늘 병사 이야기

깊은 밤 침대에 누워 귀를 쫑긋 세워 봐.

달님도 쿨쿨. 별님도 잠잠.

째깍 나라의 바늘 병사들이 달려오는 소리가 들리지 않니?

젬마도 처음에는 잘 듣지 못 했어. 그러던 어느 날,

"째깍째깍째깍째깍 우르르르르르르르!"

젬마는 떼를 지어 몰려오는 바늘 병사들의 고함소리를 듣고 번뜩 잠에서 깼어. 침대 머리맡에 놓인 시계 바늘이 젬마에게 물었어.

"젬마야, 젬마야, 짧은 바늘이 1에 오면 몇 시인지 맞춰 봐!"

젬마가 맞추기 전에 긴 바늘이 한 칸 움직이며 또 물었지.

"젬마야, 젬마야, 긴 바늘이 2에 오면 몇 분인지 맞춰 봐!"

시계를 읽지 못하는 젬마는 아무리 봐도 알 수 없었어. 하지만 젬마는 문제를 맞추지 못하면 밤마다 시계 바늘이 문제를 낼까 봐 걱정이 되었어.

"째깍째깍. 째깍째깍."

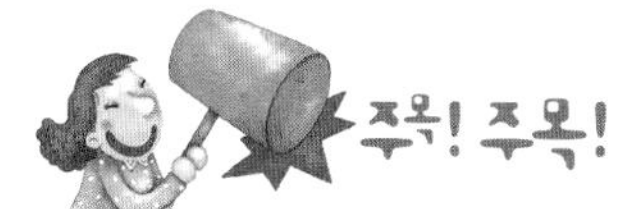

시계 보기

짧은 바늘이 시간, 긴 바늘은 분을 나타냅니다.

숫자 1과 2사이에 작게 나눠진 칸이 보이나요? 1분을 나타내는 작은 칸이 모여 12에서 12까지 한 바퀴를 돌면 모두 60분(1시간)이 됩니다.

1. 짧은 바늘 읽는 법

긴 바늘은 12에 있고,
짧은 바늘이 12에 있을 때 = 12시
긴 바늘은 12에 있고,
짧은 바늘이 1에 있을 때 = 1시
긴 바늘은 12에 있고,
짧은 바늘이 2에 있을 때 = 2시
긴 바늘은 12에 있고,
짧은 바늘이 3에 있을 때 = 3시
긴 바늘은 12에 있고,
짧은 바늘이 4에 있을 때 = 4시
긴 바늘은 12에 있고,
짧은 바늘이 5에 있을 때 = 5시
긴 바늘은 12에 있고,
짧은 바늘이 6에 있을 때 = 6시

2. 긴 바늘 읽는 법 (지면의 오른쪽)

짧은 바늘이 12에 있고,
긴 바늘이 12에 있을 때 = 정각 12시
짧은 바늘이 12에 있고,
긴 바늘이 1에 있을 때 = 12시 5분
짧은 바늘이 12에 있고,
긴 바늘이 2에 있을 때 = 12시 10분
짧은 바늘이 12에 있고,
긴 바늘이 3에 있을 때 = 12시 15분
짧은 바늘이 12에 있고,
긴 바늘이 4에 있을 때 = 12시 20분
짧은 바늘이 12에 있고,
긴 바늘이 5에 있을 때 = 12시 25분
짧은 바늘이 12에 있고,
긴 바늘이 6에 있을 때 = 12시 30분

1 시간에 맞게 시계 그림을 이어 보세요.

① 2시 ② 6시 ③ 11시

㉠ ㉡ ㉢

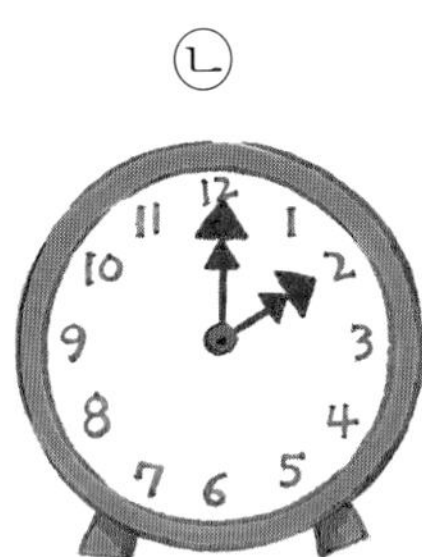

2 지금이 몇 시인지 쓰고, 그림에 시침과 분침을 그려 넣어 보세요.

(시 분)

어제 오후에 있었던 일들을 시간에 맞게 정리하여 짧은 글로 써 보세요.

집에서 학교까지 가장 빠른 길은?

준이는 이사를 온 지 얼마 안 되어 학교 가는 길을 아직 잘 모릅니다. 학교에 가려고 집을 나서면, 항상 란이를 만납니다. 하지만 아직 친구를 사귀는 것이 쑥스러운 준이는 눈인사만 나누지요. 등교 시간에 옆집 란이와 비슷하게 출발해도 준이는 늘 지각을 했답니다. 길도 잘 모르는 데다가 빨리 걷는 것이 귀찮고 힘들었어요. 하지만 매일 지각을 할 수도 없으니……. 우리가 준이네 집에서 학교까지 가장 빠르게 갈 수 있는 길을 찾아줘야 해요.

란이가 다니는 길을 따라갔더니 그 길에는 큰 동네 놀이터가 있었어요. 란이는 그곳에서 여러 친구들과 어울려 놀았지요. 하지만 준이는 친구들과 잘 어울리지 못해 다른 길로 다녔답니다. 준이가 다니는 길에는 아이스크림 가게가 있어요. 집에 올 때 아이스크림을 사 먹을 수 있어서 준이가 좋아하는 길이지요. 또 다른 길에는 다리가 있어요. 마을에 있는 강을 건널 수 있는 길이지요. 이곳에는 놀이터도 아이스크림 가게도 없어 친구들이 다니지 않았어요.

준이네 집에서 학교까지 가는 길은 세 가지입니다.

지도를 보고 가장 빠르게 갈 수 있는 길을 찾아주세요!

A
아이스크림
B
란이
준이
C

1 지도에서 A, B, C 중에 시간이 가장 오래 걸리는 길은 어디일까요?

① A ② B ③ C

2 준이가 학교에 빨리 도착하려면 어느 길로 가는 것이 가장 좋을까요?

① A ② B ③ C

3 준이가 학교에 늦지 않게 빠른 길로 가려면 어떻게 가야 하는지 가르쳐 주는 글을 써 보세요.

하늘 색깔로 날씨 맞추기

새벽 하늘을 본 적이 있나요?

물감으로 장난을 친 듯 여러 색이 엉켜 있는 하늘을 본 적이 있나요?

하늘은 하늘색만 가진 것이 아니랍니다.

화창한 날씨, 비오는 날씨, 번개 치는 날씨 모두 다른 색의 옷을 입지요.

솜사탕 같은 뭉게구름이 갑자기 어두워져 소나기가 내릴 때도 있고, 햇볕이 내리쬐는 밝은 하늘에서 여우비가 내릴 때도 있지요. 그 때마다 하늘색은 어떻게 달라질까요?

자, 그럼 하늘 속으로~!

A

B

C

D

E

F

생각해 보기!

1 아침에 해가 떠오를 때의 하늘은 어떤 모습일까요?

① A ② B

③ C ④ E

2 금방이라도 소나기가 쏟아질 것 같은 하늘은 어떤 모습일까요?

① A ② B

③ C ④ D

3 하늘 그림을 보고 어울리는 이름을 지어 보세요.

A ( )

B ( )

C ( )

D ( )

E ( )

F ( )

지금 보이는 하늘은 어떤 모습인가요? 그림으로 그리고 하늘을 주제로 시를 지어 보세요.

하루 세 번 양치질은 기본!
3·3·3 실천 운동

하루 3번, 식사 후 3분 안에, 3분 동안!

여러분은 이닦기 3·3·3 실천 운동을 잘 지키고 있나요? 오늘은 양치질을 몇 번 했는지 생각해 보세요.

초콜릿과 아이스크림, 사탕이나 과자를 좋아하는 친구들은 건강한 치아를 위해 양치질을 더 자주 해야 해요.

지금 입 안에서 여러 마리의 세균과 음식물 찌꺼기와 싸우고 있는 치아를 위해 다같이 3·3·3 운동을!

이는 왜 썩는 것일까요?

엄마~ 학교 다녀왔습니다
팔계야, 무슨 일 있었니?
애들이 나랑 안 놀아줘. 입 냄새 난다고! ㅠㅠ
그러게 양치질 하고 학교 가랬지!
귀찮아요. 치약의 쓴 맛도 싫어요! 앙앙앙.
하루에 세 번! 밥 먹고 3분 안에! 3분 이상 닦지 않으면 누구도 너랑 놀려 하지 않을 걸
…
어디 그뿐이니? 이가 썩으면 네가 좋아하는 음식도 먹을 수 없게 되는데
에이, 거짓말!
세균은 너처럼 방심할 때를 노리는 거지
정말요?
사람 입안은 세균들이 살기 딱 좋아. 이 세균들이 이에 구멍을 낸단다. 그래서 충치가 생기는 거야.
음식을 먹고 나면 꼭 양치질을 해야 돼. 특히 단 것은 꼭!
엄마~ 저 양치질하러 가요!! 두 배로 열심히 하고 올게요.

1 양치질은 하루에 몇 번 해야 할까요?

① 1번 ② 2번

③ 3번 ④ 30번

2 친구의 입에서 냄새가 난다고 친구를 따돌리거나 멀리하는 것은 나쁜 행동이에요. 만약 저팔계 같은 친구가 있다면 우리는 어떻게 해야 할까요?

① 하루에 세 번, 식사 후 3분 안에, 3분 동안 양치질을 하도록 알려 준다.

② 저팔계를 빼고 다른 친구들과 논다.

③ 입 냄새가 나도 모르는 척해 주며 친하게 지낸다.

④ 저팔계에게 콜라와 사탕을 선물한다.

3 저팔계는 입 안에 있는 세균을 없애려면, 앞으로 어떤 생활 습관을 길러야 할까요?

다음 이야기의 뒷이야기를 써 보세요.

나는 저팔계의 입 안에 있는 어금니이다. 나는 입 안에 들어온 음식을 잘게 부수는 일을 한다. 고기처럼 질기거나 엿처럼 단단한 음식도 나한테만 오면 나는 아주 쉽게 부술 수 있다. 그래서 다른 앞니, 옆니 친구들이 부러워한다.

그런데 나는 내 주인 저팔계한테 불만이 아주 많다. 어찌나 게으른지 양치질을 제대로 하지 않는 것이다. 엄마가 양치질을 했냐고 물으시면 고개를 끄덕이며 거짓말을 한다.

어제는 이런 일이 있었다.

9 인물

인물 이야기 신사임당

E=MC²

이 원자력의 힘을
세계평화에 사용해야 해!

여성이 세계로
나간다.

소는 조선의 순수함을 보여주지

앞으로는 누가 세계의 빛이 될까?

WHO

한 걸음

신사임당은 누구인가요?

신사임당은 1504년 강원도에서 태어났다. 그녀의 또 다른 이름은 신인선이다. 신사임당은 어려서부터 시를 잘 짓고, 그림을 잘 그렸다. 그녀는 조선 시대의 대표적인 화가이자 문학가이다. 이원수와 결혼하여 조선의 대학자인 율곡 이이를 낳았다. 그리고 1551년에 세상을 떠났다.

신사임당은 어려서부터 부모님께 효도했다. 글 공부를 열심히 하여 시를 잘 짓고 그림을 잘 그렸다. 그녀의 시와 그림은 오늘날까지 전해져 오고 있다. 그는 특히 산과 물을 배경으로 한 그림과 풀과 포도, 벌레 그림 등을 잘 그렸다.

결혼한 뒤에는 남편을 사랑했고 자녀의 교육에 최선을 다해 현모양처의 모습을 보여 주었다.

• **현모양처** : 어진 어머니이면서 착한 아내를 일컫는 말.

생각해 보기!

1 신사임당의 또 다른 이름을 골라 보세요.

① 신선해 ② 신인선

③ 신신애 ④ 신바다

2 신사임당의 아들은 누구인가요?

① 퇴계 이황 ② 세종대왕

③ 율곡 이이 ④ 다산 정약용

3 신사임당은 시를 잘 짓고 그림을 잘 그렸어요. 여러분이 잘 하는 것은 무엇인가요?

4 신사임당이 주로 그렸던 그림 주제가 아닌 것은 무엇인가요?

① 포도 ② 산

③ 벌레 ④ 바다

두 걸음

신사임당의 지혜

신사임당이 살았던 조선 시대에는 양반 중심의 사회였으며, 여자보다 남자가 중심이 되는 사회였다. 그렇기 때문에 여자는 집에서 밥을 하고 아이를 기르며 사는 것이 최고의 덕을 쌓는 것이라고 여겼다. 여자는 공부를 하고 싶어도 마음껏 할 수가 없었고, 능력을 자랑할 수 있는 기회도 없었다.

그러나 신사임당은 상황을 탓하지 않고 묵묵히 자신이 할 수 있는 것을 찾아가며 최선을 다했다. 그리하여 자신의 재주를 〈자리도〉, 〈산수도〉, 〈초충도〉 등의 그림에 남길 수 있었다.

1 신사임당이 남긴 그림이 아닌 것은 어느 것인가요?

① 자리도 ② 산수도

③ 초충도 ④ 풍경도

2 보기에서 괄호에 들어갈 말을 골라 조선 사회와 현대 사회의 차이점을 완성해 보세요.

보기 : 남자 양반 국민 여자

조선 사회	현대 사회
(①)이 중심이 되는 사회	(②) 모두가 중심이 되는 사회
(③)가 여자보다 중요한 사회	남자와 (④)를 차별하지 않는 사회

3 자신의 재주를 마음껏 표현할 수 없었던 신사임당의 마음은 어떠했을까요?

세 걸음

훌륭한 어머니

신사임당의 아들 율곡 이이는 조선을 대표하는 학자이다. 율곡 이이가 훌륭한 인물이 될 수 있었던 것은 어머니 신사임당의 가르침 덕분이다. 신사임당은 올바른 자녀 교육을 통해 율곡 이이를 나라의 큰 인재로 만들어 냈던 것이다.

신사임당은 네 아들과 세 딸을 진정한 사랑으로 키웠으며, 어릴 때부터 좋은 습관을 갖도록 엄격하게 가르쳤다고 한다. 그리하여 어머니인 신사임당의 자애로운 성격과 행동을 이어받은 7남매는 저마다 훌륭하게 자라, 모두들 예의 바르고 똑똑한 사람이 되었다.

1 율곡 이이가 훌륭한 인물로 자라는데 가장 중요한 역할을 했던 사람은 누구인가요?

① 친구

② 누나

③ 형

④ 어머니

2 모든 어머니들이 신사임당처럼 자녀를 교육한다면 우리 사회는 어떻게 될까요?

3 신사임당에게 본받을 점은 무엇인가요?

어떤 말이 맞을까요?

'검정'과 '검댕'

① 영수는 할아버지가 돌아가셔서 검정 옷으로 갈아입었다.

② 영수는 할아버지가 돌아가셔서 검댕 옷으로 갈아입었다.

올바른 쓰임은 ①번입니다.

'검정'은 까만 빛이나 물감을 말하고, '검댕'은 그을음이나 연기가 맺혀서 된 검정 빛깔의 물질을 말합니다. 예를 들면 굴뚝이나 난로 속, 아궁이 속에 생기지요.

'검정'과 '검댕'을 넣어 문장을 완성해 보세요.

① 이 만화에 나오는 악당들은 왜 ______ 색 옷만 입지?

② 아궁이에 불을 지피고 나니 얼굴에 ______이 묻었어.

정답 : ① 검정 ② 검댕

10 사회와 역사

사회와 우리 ① 양성평등 평등한 게 좋아요

사회와 우리 ② 예절과 생활

에티켓은 내 얼굴

가는 말이 고와야

NIE (Newspaper In Education)

역사 이야기 – 삼국의 건국신화

평등한 게 좋아요

여자애가
얌전치 못하게시리

사내가 그 까짓 걸로 울어?
씩씩, 용감해야 해

여자란, 다소곳해야 해,
여자란, 음식 솜씨가
좋아야지,
여자란, 바느질을
잘 해야 해.
여자란, 목소리가
작아야…
여자란……,

남자란, 당당해야 해.
남자란, 집안의
대들보야.
남자란, 작은 일로
울면 못써.
남자란, 목소리가
커야…
남자란……,

우리는 고정관념, 싫어요! 양성평등
세대이거든요. 성차별, 성구별은 싫어요.
더불어 살 거예요.

1 다음 괄호를 채워 문장을 완성해 보세요.

양성평등이란, (   )과 여성이 차별 없이 (   )하게 대우 받는 것을 말하지.

2 양성평등 사회가 되어야 하는 이유로 적절한 것을 고르세요.

① 남성과 여성 모두 똑같이 존중받아야 하기 때문이다.

② 여성들의 힘이 세져야 하기 때문이다.

③ 남성과 여성이 서로 싸우지 않기 위해서이다.

④ 여성들의 지위가 높아졌기 때문이다.

3 여러분도 남녀차별을 겪었던 경험이 있나요? 그 때 기분이 어떠했나요?

(가)는 윤하가 명절에 느낀 점을 시로 쓴 것이고, (나)는 '21세기 남녀평등 헌장'의 일부입니다.

(가) 명절날 우리 집

나윤하

아빠는 텔레비전을 보시며 껄껄
오빠는 컴퓨터 게임을 하며 슝슝
할아버지는 귀여운 손자들을 만나 허허

엄마는 전을 부치시느라 땀이 송송
할머니는 분주하게 제사상을 차리시고
나는 이런저런 심부름을 하느라 온종일 울상

모두가 즐거워야 할 명절,
여자들은 개미처럼 일만 한다.
여자들은 왜 이런 세상에 태어났을까?

(나) 21세기 남녀평등헌장

- 남녀는 가정에서 역할과 책임을 함께 갖는다. 특히 자녀 양육은 남녀 모두의 권리이자 의무이다. 남녀가 평등하게 가정을 이루어야 한다.
- 남녀는 평등하고, 민주적인 문화를 가꾸어 나간다. 이를 위해, 가정과 직장, 대중매체 등 모든 영역에서 민주적이고 남녀 평등한 의식과 행동을 가질 수 있도록 노력한다. 여성을 향한 모든 형태의 폭력을 없애기 위해 노력한다.

1 윤하가 쓴 시의 내용과 다른 것을 고르세요.

① 엄마는 전을 부치느라 바쁘시다.

② 윤하는 이런 저런 심부름에 울상이 되었다.

③ 명절날 여자들이 일을 많이 한다.

④ 아빠는 분주하게 제사상을 차리신다.

2 윤하네 가족이 '21세기 남녀평등 헌장'을 실천하려면 어떻게 해야 할까요?

3 명절날 여러분의 집은 어떤 모습인가요? 여러분이 명절에 하는 일을 적어 보세요.

석윤이네 반 아이들은 남자와 여자로 갈라져 자주 다툰답니다. 아무리 큰 잘못을 저질렀어도 친한 동성 친구가 잘못을 하면 무조건 덮어줍니다. 하지만 이성 친구가 잘못을 하면 조금도 이해해 주지 않고 소리를 지릅니다. 석윤이네 반 아이들에게 '친구들과 사이좋게 지내는 법'에 대해 말해 주세요.

• 동성 : 같은 성(남자일 경우 남자, 여자일 경우 여자)
• 이성 : 다른 성

에티켓은 내 얼굴

만지지 마시오

조각은 만져 봐야 제대로 알 수 있다구!

눈으로만 보라구, 만지지 마! 내가 널 만지면 좋겠어?

미술관 관람은 눈으로만 하세요. 공공장소 에티켓 지키기 문화시민 되는 길!

1 미술관을 관람하는 태도로 알맞지 않은 것을 고르세요.

① 전시물을 함부로 만져서는 안 된다.

② 전시장에서 큰 소리로 이야기를 한다.

③ 전시장에서 음식물을 먹지 않는다.

④ 전시장에서 떠들거나 뛰어다니지 않는다.

2 '연극 공연'을 관람하는 태도로 알맞지 않은 것을 고르세요.

① 정해진 시간까지 입장하기

② 공연 중에 휴대 전화로 통화하기

③ 막이 내리면 차례차례 퇴장하기

④ 공연이 끝날 때까지 자리를 뜨지 않기

3 버스나 전철을 탔을 때 지켜야 하는 예절을 두 가지만 적어 보세요.

①

②

가는 말이 고와야

언제나 웃는 얼굴로 상대방의 이야기를 들어주는 이친절 어린이. 거친 말을 쓰지 않고, 상냥한 태도로 이야기하는 이친절 어린이 옆에는 친구들이 많다.

반대로 유통명 어린이는 말싸움 대장이다. 상대방의 말을 자른 채 끼어들고 우기기 일쑤다. 어떤 때는 친구의 말을 듣다가도 재미없으면 퉁명스럽게 말을 끊어버린다.

우리가 지켜야 할 대화 예절

- 상대방을 기분 나쁘게 하는 단어나 욕은 하지 않는다.
- 우리말을 오염시키는 통신 언어를 함부로 쓰지 않는다.
- 남의 말을 중간에서 끊거나, 내 생각과 다르다고 나쁘게 말해서는 안 된다.
- 말을 하는 속도와 목소리 크기를 알맞게 유지한다.
- 상대방의 이야기를 들을 때는 자주 눈길을 마주쳐야 한다.

1 이친절 어린이와 유통명 어린이의 다른 점은 무엇인가요?

2 우리가 지켜야 할 대화 예절로 알맞지 않은 것을 고르세요.

① 우리말을 오염시키는 통신 언어를 함부로 쓰지 않는다.

② 상대방의 생각이 나와 다르면 무시해 버린다.

③ 말의 속도와 목소리 크기를 적절하게 유지한다.

④ 상대방의 이야기를 들을 때는 자주 눈길을 마주쳐야 한다.

3 여러분은 대화 예절을 잘 지키고 있는지 O, X로 표시해 보세요.

① 상대방을 기분 나쁘게 하는 말이나 욕을 쓰지 않는다. (   )

② 우리말을 오염시키는 통신 언어를 쓰지 않는다. (   )

③ 재미가 없는 친구의 말을 중간에서 끊는다. (   )

④ 웃어른과 이야기할 때 높임말을 사용한다. (   )

⑤ 상대방의 이야기를 들을 때 자주 눈을 맞춘다. (   )

함께신문

제1호 20판 2○○○년 ○월 ○일 ○요일 1

장래희망

나는 우주비행사가 될 거야!

◀어린이들이 미래 영역 우주 비행사의 방에서 달착륙 우주선인 아폴로 11호이 우주비행복을 입고 미래 직업에 대한 설명을 듣고 있다.

어린이들이 자신의 미래를 스스로 만들어 갈 수 있도록 도와주기 위한 '장래희망 체험전' 이 열려 화제가 되고 있다. 어린이들이 다양한 직업을 놀이를 통해 체험해 보고, 직업의 특성을 쉽게 이해할 수 있도록 전시회를 구성했다.

400여 가지의 다양한 직업을 인문 사회 영역, 예 · 체능 영역, 과학 영역, 미래 영역으로 나눠 보여 준다. 직업에 따라 나뉜 방에는 어린이들의 눈높이에 맞춘 체험활동과 영상으로 여러 직업에 대한 이해를 돕고 있다.

1 '장래희망 체험전'을 개최한 이유로 알맞지 않은 것을 고르세요.

① 어린이들에게 꿈과 희망을 전해 주려고

② 어린이들이 자신의 미래를 스스로 만들어 갈 수 있도록 하려고

③ 어린이들에게 다양한 직업이 있다는 것을 가르쳐 주려고

④ 어린이들의 성적을 올리기 위해서

2 달에 맨 처음으로 착륙한 우주선의 이름을 신문에서 찾아 쓰세요.

3 여러분은 어른이 되면 어떤 일을 하고 싶나요? 왜 그 일을 하고 싶은지 간단하게 써 보세요.

① 내가 하고 싶은 일(직업) :

② 하고 싶은 이유 :

함께신문

제1호 20판　　2000년 0월 0일 0요일 2

독도

독도는 우리 땅! 암초에도 이름을

독도 주변에 있는 물 속 바위 10곳이 이름을 갖게 되었다. 독도 부근 2~3km 내 바다 밑에 있는 비교적 모양이 뚜렷한 바위 10개의 이름을 북향초, 가지초, 가재초, 삼봉초, 괭이초, 서도초, 군함초, 넙덕초, 부채초, 동도초로 지었다. 이 이름들은 이웃 주민들이 울릉도나 독도를 부르는 이름이나 독도의 옛 이름들 중 일부를 골라 정했다고 한다.

이름 가운데 '가지초'나 '가재초'는 가지어라고 불리던 바다표범에서 따온 옛날 독도의 이름 가운데 하나이며, '괭이초'는 괭이갈매기에서 유래됐고, '삼봉초'는 봉우리가 3개라는 의미로 역시 옛 독도의 이름 중 하나이다. '군함초'나 '부채초'는 인근 바위의 이름에서 따왔다고 한다.

• **암초** : 물 속에 잠겨 보이지 않는 바위나 산호.

1 독도 주변에 있는 암초 10곳의 이름을 찾아 빈 칸을 채우세요.

북향초, 가지초, (　　　　　), 삼봉초, (　　　　　), 서도초, (　　　　　), 넙덕초, 부채초, (　　　　　)

2 암초의 이름을 지은 방법으로 적절하지 않은 것을 고르세요.

① 주민들의 마음대로 지었다.
② 주민들이 울릉도나 독도를 부르는 이름으로 지었다.
③ 독도의 옛 이름 중 일부를 골라 정했다.
④ 군함초나 부채초는 인근 바위 이름에서 따왔다.

3 암초의 이름과 그 이름이 가진 뜻을 알맞게 줄로 이어 보세요.

① 가재초 •	• ㉠ 바위
② 괭이초 •	• ㉡ 괭이갈매기
③ 삼봉초 •	• ㉢ 바다표범
④ 군함초 •	• ㉣ 3개의 봉우리

함께신문

제1호 20판 2○○○년 ○월 ○일 ○요일 3

이름 짓기

이름에도 유행이 있어요!

신생아 이름 가운데 민준과 서연이 가장 많은 것으로 나타났다. 2006년 태어난 신생아 이름을 조사한 결과를 살펴보면 남자는 '민준(2,304명)', 여자는 '서연(2,892)'이 가장 많은 것으로 나타났다.

남자 이름은 민준에 이어 민재(1,733)와 지훈(1,581), 현우(1,581), 준서(1,485) 순으로 조사됐다. 여자 이름은 서연에 이어 민서(2,718)와 수빈(2,367), 서현(2,178), 민지(2,163) 순으로 확인되었다.

한편 60여 년 전인 지난 1945년 출생한 사람 가운데 남자는 영수(835), 여자는 영자(9,298)라는 이름이 가장 많았으며, 30여 년 전인 1975년에는 정훈(2,286)과 미영(9,129)이란 이름이 가장 많았다.

1 이 기사를 읽고 아래의 표를 채워 넣어 보세요.

	1940년대	1970년대	2000년대
남자 이름	(①)	정훈	(③)
여자 이름	영자	(②)	서연

2 여러분의 이름은 어떤 뜻을 가지고 있나요?

3 이름을 한자로 적어 보세요.

4 친구들의 이름 중 예쁜 이름이라고 생각되는 것을 5개만 말해 보세요.

함께신문

제1호 20판 | 20○○년 ○월 ○일 ○요일 4

황사

봄철 비상경보 '황사'

봄이 되면 중국으로부터 사막의 작은 모래나 황토 흙의 작은 알갱이 등의 먼지가 우리나라로 바람과 함께 날아오는데 이것을 '황사'라고 한다. 황사가 불면 공기 중에 작은 모래와 먼지가 떠 있어 하늘이 뿌옇게 보인다. 그리고 먼 곳의 건물이나 산이 잘 보이지 않는다.

황사 속에 있는 해로운 물질은 눈과 코, 목, 피부 등에 알레르기성 질환(질병)을 일으킬 수 있으며, 진흙 성분은 폐에 나쁜 영향을 끼칠 수 있다. 따라서 황사 기간에는 외출을 피하고, 외출할 때는 긴소매 옷을 입어야 한다. 외출 후 집에 돌아오면 일단 식염수로 눈과 피부를 닦아내고, 미지근한 물로 목욕을 해야 한다. 마스크를 하고, 물이나 차를 자주 마시는 것이 좋다.

• **질환** : 질병.

생각해 보기!

1 봄철에 특히 주의해야 하는 황사는 어느 나라로부터 날아오는 것일까요?

2 다음의 괄호를 채워 넣으세요.

(①)속 나쁜 물질은 눈과 코, 목, 피부 등에 (②)성 질환을 일으킬 수 있으며, 진흙 성분은 (③)에 나쁜 영향을 미칠 수 있다.

3 황사 기간에 우리가 해야 할 일을 적어 놓았어요. 맞는 것에 O, 틀린 것에 X 표시를 하세요.

① 외출할 때는 마스크를 한다. ( )
② 외출할 때는 반소매 옷을 입는다. ( )
③ 외출을 자주 한다. ( )
④ 물이나 차를 자주 마신다. ( )

고구려의 건국신화

알에서 태어난 '주몽'

동부여라는 나라에 금와라는 이름을 가진 왕이 있었다. 하루는 금와왕이 사냥을 하다가 깊은 숲 속에서 유화라는 여인을 발견했다. 유화는 하늘에서 내려왔다는 해모수와 혼인을 했으나 어느 날 갑자기 해모수가 사라져 갈 곳이 없다고 말했다.

금와왕은 유화를 불쌍히 여겨 궁궐로 데려왔다. 그러던 어느 날 유화의 방에 햇빛이 비쳤는데, 그때 유화가 큰 알을 낳았다. 왕은 해괴한 일이라고 생각하여 알을 동물 우리에 버렸다. 그런데 동물들은 알을 해치기는커녕 오히려 품어 주었다. 그 뒤 유화가 알을 보살펴 주었고, 알에서 사내아이가 태어났는데 잘생기고, 영리했으며 몸도 튼튼했다. 특히 활을 아주 잘 쏘았다. 그 때는 활을 잘 쏘는 사람을 '주몽' 이라고 불러 아이 이름을 주몽이라 지었다.

그러나 금와왕의 큰아들 대소가 주몽을 죽이려 하자 주몽은 부여를 떠났다. 주몽은 졸본이라는 나라로 가게 되었는데, 졸본의 왕은 주몽의 뛰어남을 금세 알아보았다. 그래서 주몽을 사위로 맞아들여 왕의 자리를 물려주었다. 이리하여 주몽은 '고구려' 라는 새 나라를 세우니 이 때가 주몽의 나이 22살이었으며 자신의 성을 '고' 라고 짓고, 이름을 '주몽' 이라 했다.

• 건국 : 나라를 세움.

1 유화 부인이 큰 알을 낳자 금와왕은 알을 어떻게 했나요?

① 따뜻하게 품어 주었다.

② 알을 깨뜨려 버렸다.

③ 알을 밖으로 내던져 버렸다.

④ 동물들에게 알을 주었다.

2 주몽의 이름은 어떤 뜻을 갖고 있나요?

3 주몽이 세운 나라의 이름은 무엇인가요?

백제의 건국신화

주몽의 아들 '온조'

백제를 세운 온조는 고구려를 세운 주몽의 아들이다. 고구려, 신라의 신화와는 달리 알에서 태어나지 않았다. 백제를 세운 온조의 이야기를 살펴보면, 주몽은 졸본에 와서 소서노와 결혼하여 비류와 온조를 낳았다고 한다.

비류와 온조는 나라를 세우고자 고구려를 떠나 10여 명의 부하들과 남쪽으로 내려갔다. 한강 유역에 이르자 비류와 온조의 의견이 갈라져서 온조는 십제(한강 유역)에, 비류는 미추홀(인천)에 자리를 잡았다. 온조가 잡은 땅은 기름지고 해마다 풍년이 들었다. 하지만, 바닷가인 미추홀은 소금과 해산물이 풍부하긴 하지만 습하고 물이 짜서, 농사를 지을 수 없었다. 비류는 온조가 다스리는 곳을 둘러보고 미추홀로 갔던 사람들과 십제로 몰려왔다. 온조는 만백성이 자신을 따르며 즐거워하니 나라 이름을 십제에서 백제로 바꾸었다.

• 십제 : 백제의 원래 이름.

1 다음 알맞은 말을 채우세요.

온조는 고구려를 세운 (　　　　　　)의 아들이다.

2 온조가 고구려의 주몽과 신라의 박혁거세와 다른 점이 있다면 무엇일까요?

3 온조가 백제를 세운 곳은 지금의 어느 지역인지 글에서 찾아 쓰세요.

신라의 건국신화

알에서 태어난 '박혁거세'

서라벌에 여섯 마을이 모여 평화롭게 살고 있었다. 어느 날 여섯 마을의 촌장을 뽑는 회의가 열렸다. 한창 회의를 하고 있는데 갑자기 우물가에서 환한 빛이 나기 시작했다. 여섯 촌장들이 가서 보니 흰말 한 마리가 무릎을 꿇고 울고 있다가 소리를 내며 하늘로 올라가 버렸다. 그리고 그 자리에는 큰 알이 하나 놓여 있었다.

촌장들이 신기해 하며 알에 손을 갖다 대자 껍질이 깨어지더니, 아주 잘 생긴 사내아이가 나왔다. 여섯 촌장들이 아기를 깨끗이 씻기자, 몸에서 빛이 나기 시작했다. 여섯 촌장들은 아기 이름을 짓기 위해 생각을 모았다. 한 촌장이 깨진 알을 보며 말했다.

"박처럼 큰 알에서 나왔으니 성은 '박' 으로 합시다."

"이름은 나라를 밝게 비추라고 '빛난다' 의 뜻을 지닌 '혁' 으로 합시다."

촌장들은 고개를 끄덕이긴 했지만 뭔가 빠진 느낌이었다. 그 때 아랫마을 촌장이 무릎을 치며 말했다.

"거기에 세상에 있다는 뜻의 '거세' 를 붙여 이름을 '혁거세' 라 하는 건 어떻소?"

그리하여 혁거세는 씩씩하게 자라 13살 때 왕이 되었다.

1 흰말 한 마리가 두고 간 것은 무엇이었나요?

2 '박혁거세'의 뜻을 괄호를 채워 완성해 보세요.

(①   )처럼 큰 알에서 나왔다하여 성은 '박' 이름은 나라를 밝게 비추어 준다고 하여 '빛난다'의 뜻을 지닌 (②   )과 세상에 있다는 뜻의 (③   )를 붙여 이름을 '혁거세'라 하였다.

3 고구려를 세운 주몽과 신라를 세운 박혁거세의 공통점은 무엇인가요?

어떤 말이 맞을까요?

'금세'와 '금새'

① 편지를 썼더니 금세 답장이 왔다.

② 편지를 썼더니 금새 답장이 왔다.

올바른 쓰임은 ①번입니다.

'금세'는 지금 바로의 뜻이고, '금새'는 물건 값의 싸고 비싼 정도를 말합니다.

'금세'와 '금새'를 넣어 문장을 완성해 보세요.

① 내 짝꿍 소문은 ______ 동네에 퍼졌다.

② '______ 도 모르고 싸다 한다.'는 북한 속담이다.

정답 ① 금세 ② 금새

노래하고
그림 그리고
영화를 봐도
잊혀지지 않는 생각 하나!
논술거리는 우리 주변에
널려 있다는 생각!

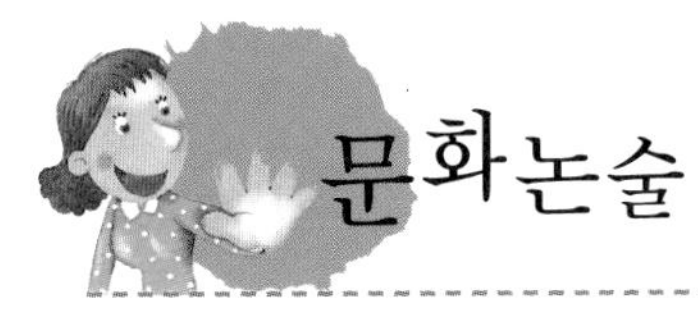

짚과 풀로 만들기

보리짚으로 생일 카드 만드는 순서

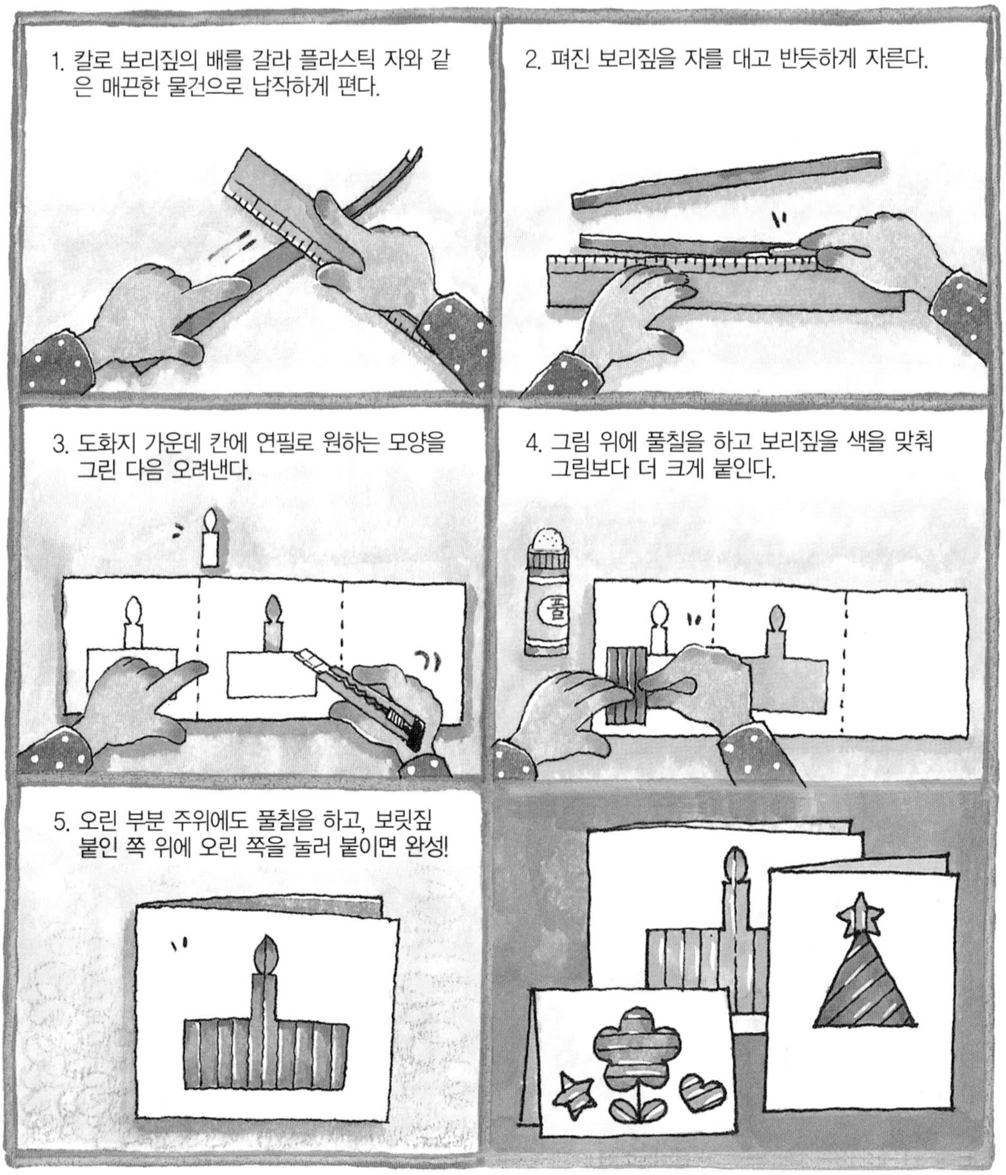

1. 칼로 보리짚의 배를 갈라 플라스틱 자와 같은 매끈한 물건으로 납작하게 편다.

2. 펴진 보리짚을 자를 대고 반듯하게 자른다.

3. 도화지 가운데 칸에 연필로 원하는 모양을 그린 다음 오려낸다.

4. 그림 위에 풀칠을 하고 보리짚을 색을 맞춰 그림보다 더 크게 붙인다.

5. 오린 부분 주위에도 풀칠을 하고, 보릿짚 붙인 쪽 위에 오린 쪽을 눌러 붙이면 완성!

1 여러분이 만든 보리짚 카드가 문구점에서 산 카드보다 좋은 이유를 찾아보세요.

① 예로부터 전해져 오는 물건이다.

② 문구점 가기 귀찮을 때 쓰기 좋다.

③ 정성이 들어 있어서 더욱 소중하다.

④ 흔하게 볼 수 있다.

2 우리 주변에서 지푸라기로 만든 물건을 찾아보세요.

3 미술 도구와 쓰임새에 맞게 줄로 이어 보세요.

① 종이 •	• ㉠ 곡식 이삭을 떨어낸 줄기로 예로부터 생활 도구들을 만들어 씀
② 짚 •	• ㉡ 얇고 가벼워 접어서 예쁜 모양을 만들기도 하고 그림을 그리기도 함
③ 플라스틱 끈 •	• ㉢ 공장에서 만든 물건으로 가볍고 질겨 물건을 묶는 데 많이 씀

고마운 지푸라기!

우리 민족은 옛날부터 농사를 지으며 살아왔다. 그래서 곡식이나 채소같이 논과 밭에서 나는 것들을 소중히 여겼다. 한 톨의 쌀도, 한 뿌리의 무도, 한 줌의 흙도 절대 버리는 일이 없었다. 특히 짚은 우리가 더욱 더 소중하게 여겼다. 초가지붕을 엮고, 새끼를 꼬고, 여치집과 또아리를 만드는 등 생활 구석구석에 아주 고맙게 쓰였기 때문이다. 봄에 벼를 심고, 여름에 무럭무럭 자라고, 가을에는 열매를 거둬들이면서 생겨난 지푸라기 하나가 우리에게 큰 도움을 준 것이다.

• **짚** : 벼, 보리, 밀 따위의 이삭을 떨어낸 줄기와 잎.

1 친구들이 짚에 대해 이야기를 나누었어요. 거리가 먼 것은 어느 것인가요?

① 시몬 – 짚은 곡식 이삭을 떨어낸 줄기를 말해.

② 규성 – 공장에서 만들어진 끈이야.

③ 우성 – 지금은 공예의 재료로도 쓰여.

④ 윤덕 – 자연의 냄새가 나는 것 같아.

2 다음 계절에 맞게 하는 일을 이어 보세요.

① 봄 •	• ㉠ 뜨거운 햇빛 아래서 곡식이 무럭무럭 자란다.
② 여름 •	• ㉡ 씨를 뿌린다.
③ 가을 •	• ㉢ 새끼를 꼬거나 짚신을 삼는다.
④ 겨울 •	• ㉣ 곡식을 거둬들인다.

3 여러분이 짚으로 가장 만들고 싶은 물건은 무엇인가요?

윤하가 짚풀 생활사 박물관에 갔어요. 박물관에 들어서자 관장님이 반갑게 맞아 주셨어요.

윤하 : 안녕하세요?

관장님 : 그래, 어서 오너라.

윤하 : 관장님, 짚이 뭐예요? 풀은 알겠는데…….

관장님 : 짚은 곡식 이삭을 떨어낸 줄기를 말해.

윤하 : 와, 동물의 탈이네요. 이건 뭐지요? 달걀이 들어 있으니까 음…….

관장님 : 달걀꾸러미라고 하는 거야. 달걀 포장을 할 때 쓰는 거지. 요즘은 비닐봉지나 플라스틱을 쓰는데, 이렇게 짚으로 포장하면 환경오염도 막을 수 있고 편리해서 좋단다.

윤하 : 아, 그렇구나! 여치집, 바구니 그리고 망태기, 액자, 발, 그릇받침……. 셀 수 없이 많아요. 전 짚으로 이렇게 많은 물건을 만들 수 있다는 걸 이제야 알았어요.

관장님 : 짚으로 만든 물건과 친해지다 보면 우리 조상님들의 지혜가 깃들어 있다는 걸 알게 될 거란다. 저쪽으로 가 보자꾸나.

1 짚으로 만든 물건의 좋은 점을 찾아보세요.

① 환경을 오염시킨다.

② 조상들의 지혜가 깃들어 있다.

③ 짚이 무거우니까 짚으로 만든 물건도 무겁다.

④ 간단한 물건 정도밖에 만들 수 없다.

2 짚은 일년 내내 키운 곡식을 우리에게 주고, 남은 줄기까지 주고 갑니다. 이렇게 지푸라기처럼 고마운 분이 우리 주변에 있나요? 있다면 이야기해 보세요.

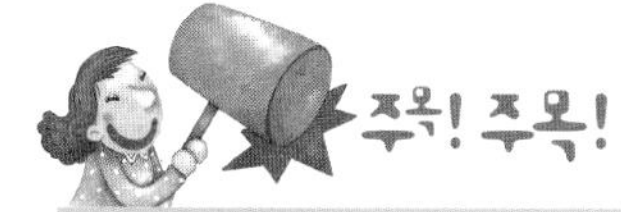

짚풀생활사박물관

1993년 문화관광부에 등록하고 현재 서울시 종로구 명륜동에 있다. 짚풀 문화 연구만을 위해 살아온 인병선 관장이 만들었다. 볏짚을 체계적으로 연구하여 설립한 박물관으로 세계에서 오직 하나밖에 없다.

현재 짚풀 관련 민속자료 3,500점, 연장 200점, 조선못 2,000점, 제기(祭器) 1,000점 등이 있다. 우리는 아주 오랜 옛날부터 농사를 지으며 생활하였고, 이러한 농경생활을 바탕으로 동네가 만들어지고, 고장이 만들어지고, 나라가 만들어졌다. 그렇기 때문에 모든 생활 속에 필요한 물건들은 자연에서 나는 것들을 썼다. 그러니 우리 민족과 짚은 떼려야 뗄 수 없는 아주 소중한 관계인 것이다.

어린이 행진곡

정세문 작곡, 김한배 작사

1. 발 맞추어 나 가자 앞 으로가자
2. 하 나둘– 셋 넷– 앞 으로가자

어 깨동무 하 고가자 앞 으로가자
두 주먹을 굳 게쥐고 앞 으로가자

우 리들은 씩 – 씩–한 어 린이라 네
우 리들은 용 – 감–한 어 린이라 네

금 수강산 이여받은 새 싹이라 네
자 유대한 길이빛낼 새 싹이라 네

1 행진곡을 들으면 어떤 느낌이 드나요?

① 소리가 복잡해서 어지럽다.

② 박자가 빨라서 경쾌하다.

③ 왼발, 오른발을 맞추기 힘들다.

④ 춤을 추고 싶어진다.

2 행진곡이란 어떤 음악인가요?

3 결혼식에서 신랑 신부가 입장하거나 퇴장할 때 연주하는 결혼행진곡을 들어 본 적이 있나요? 결혼행진곡의 느낌은 어떠했나요?

• **행진곡** : 줄을 지어 앞으로 나아갈 때 부르는 노래.

터키 행진곡

볼프강 아마데우스 모차르트(1756~1791)

터키 행진곡은 오스트리아의 작곡가 모차르트가 1778년 프랑스 파리에서 쓴 작품으로 20곡의 소나타 중 가장 유명한 곡이다.

모차르트가 이 곡에 '터키풍' 이라고 써 놓은 데다가 박자가 행진곡풍이어서 '터키 행진곡' 으로 불린다. 터키 군악대의 리듬을 들려주는 음악으로 군사들이 한 줄로 서서 나아가는 장면이 생각나게 한다. 오스만이라는 나라가 유럽을 쳐들어갈 즈음 여기저기에 터키 군악대가 생겨나게 되었다. 그래서 당연히 음악도 터키풍인 경우가 많았다. 모차르트의 '터키 행진곡' 도 있고, 베토벤의 '터키 행진곡' 도 있다.

모차르트에 대하여

1756년 오스트리아의 잘츠부르크에서 태어났다. 그리고 그의 첫 번째 음악 선생님은 아버지였다. 바이올리니스트였던 아버지한테 4살 때 건반 치는 법을, 다섯 살 때 작곡을 배웠다. 아버지는

뭐든 척척 해내는 아들의 재능을 알리기 위해 아들을 데리고 음악 여행을 다녔다.

모차르트는 일곱 살 때 미뉴에트와 트리오를 작곡하여 세상 사람들을 놀라게 했으며, 여덟 살 때 최초의 교향곡을 만들었다. 이탈리아 여행 때인 열 살 때에는 그가 작곡한 오페라를 밀라노에서 공연하기도 했다.

모차르트는 가난 속에서도 626개의 곡을 만들었다. 첫 번째 곡은 다섯 살에 작곡하였으며, 마지막 곡은 죽기 바로 전이었다. 태

어나서 죽을 때까지 음악가의 길을 열심히 간 것이다. 사람들은 모차르트는 천재여서 단숨에 작곡했을 거라고 생각하지만 사실은 그렇지 않다.

모차르트가 스무 살 때 아버지께 보낸 편지를 봐도 알 수 있다.

사랑하는 아버지.
저는 시인이 아니기 때문에 멋진 시를 쓸 수 없어요.
그리고 화가가 아니기 때문에 그림을 그릴 수 없어요.
저는 작곡가이거든요.
제가 할 수 있는 일은 오로지 아름다운 음악을 만드는 일입니다.
저처럼 열심히 작곡하는 사람은 없을 겁니다.
그리고 열심히 공부하지 않은 유명한 작곡가는 없다고 생각합니다~.

1 모차르트에 대해 제대로 알고 있는 사람은 누구인가요?

① 수경 – 모차르트는 평생 100곡을 만들었다고 해.

② 영미 – 부자 음악가였어.

③ 영심 – 평생 동안 열심히 작곡을 해서 훌륭한 작품을 많이 남겼어.

④ 혜선 – 우리나라를 대표하는 음악가야.

2 모차르트는 늘 열심히 작곡을 했다고 합니다. 밥을 먹다가도, 잠을 자다가도, 당구를 치다가도 작곡을 했다고 하지요. 여러분에게도 이렇게 하고 싶은 일이 있나요? 있다면 어떤 일인지 말해 보세요.

3 '터키 행진곡'을 들어 보고, 기억에 남는 부분은 어느 부분이었는지, 어떤 느낌이었는지 설명해 보세요.

아이 엠 샘

가족이 서로 사랑하면서도 함께 살지 못한다면 얼마나 슬플까요?

영화 '아이 엠 샘'은 아버지와 딸이 어쩔 수 없이 떨어져 살면서도 끝까지 포기하지 않는 가족 사랑을 보여 주고 있어요.

아버지인 샘은 정신 장애를 가지고 있지만 누구보다도 딸을 사랑하지요. 우리는 샘을 보며 무엇을 느낄 수 있을까요?

한 걸음

루시의 아빠 샘

정신 장애를 가지고 있는 샘의 정신적 연령은 언제나 7살이다. 샘은 버스정류장 옆에 있는 커피 전문점에서 일을 하며 하루하루를 살아간다. 어느 날 샘과 레베카 사이에서 예쁜 여자 아기가 태어난다. 그러나 레베카는 샘과 아기를 남겨 두고 떠나 버린다. 아기와 단 둘이 남게 된 샘은 자신이 좋아하는 비틀즈의 노래에서 '루시 다이아몬드' 라는 이름을 따와 아기에게 이름을 지어 준다.

샘은 친구들의 도움을 받아가며 루시를 키운다. 수요일에는 함께 레스토랑에 가고 목요일에는 비디오를 보러 간다. 그리고 금요일에는 노래방에 가서 신나게 하루를 보낸다. 다른 사람들이 보기에는 이상해 보이지만 루시와 샘은 함께 있다면 언제나 행복하다.

두 걸음

루시의 마음

루시 : 나는 행복해. 다른 아빠는 함께 놀아주지 않잖아.

샘 : 그래, 우리는 행복해!

루시 : 나한테 아빠는 아빠뿐이야.

건강하게 자라난 루시는 7살이 되면서 아빠인 샘보다 똑똑해지는 것을 두려워한다. 그래서 학교 공부를 일부러 게을리한다. 이러한 이유 때문에 사회복지기관에서 루시와 샘의 집을 찾아온다.

사회복지사가 다녀간 결과, 샘은 루시를 키울 수 없다는 선고를 받게 된다. 그 뒤로 루시는 복지시설에서 살게 된다. 샘은 일주일에 2번만 루시를 만날 수 있게 된다. 루시와 함께 살았던 행복한 날들이 그리워진 샘은 루시를 되찾기로 결심한다.

샘은 유능한 변호사인 리타 해리슨을 찾아간다. 해리슨은 샘의 부탁을 받아주지만 샘이 루시를 찾는 것은 매우 어렵다. 하지만 샘과 해리슨은 친구들의 도움을 받아 루시를 찾기 위해 온 힘을 기울인다.

• 선고 : 발표하여 널리 알림.

1 샘의 정신적 연령이 언제나 일곱 살인 이유는 무엇인가요?

2 루시가 학교 공부를 일부러 게을리한 이유는 무엇인가요?

3 샘과 루시가 함께 살 수 없게 된 이유는 무엇인가요?

세 걸음

샘의 사랑

샘은 정신 장애를 가지고 있지만 루시를 사랑하는 마음은 그 누구보다도 크다. 또한 샘은 루시에게 있어 가장 훌륭한 아빠이다. 그러나 이것을 증명하기는 너무도 어렵다.

함께 있는 것만으로도 큰 힘이 되는 샘과 루시. 이렇게 행복한데 왜 같이 살 수 없는 걸까? 샘은 루시를 되찾기 위해 최선을 다한다. 샘은 다시 루시와 함께 살 수 있을까? 영화는 그 결과를 보여 주지 않고 막을 내린다.

1 샘이 루시에게 훌륭한 아빠인 이유를 모두 골라 보세요.

① 루시를 사랑하기 때문에

② 친구들이 많기 때문에

③ 루시를 소중히 여기기 때문에

④ 언제나 자신만을 위해서 최선을 다하기 때문에

2 몸과 마음이 조금 불편하다고 해서 그가 가진 능력이나 마음까지 의심한다면 행복한 세상을 만들 수 있을까요?

3 샘과 루시는 어떻게 되었을까요? 둘이 함께 살 수 있었을지 여러분의 생각을 말해 보세요.

어떤 말이 맞을까요?

'게시'와 '계시'

① 우리 교실 게시판 꾸미는 것은 우리 모두가 할 일이야.

② 우리 교실 계시판 꾸미는 것은 우리 모두가 할 일이야.

올바른 쓰임은 ①번입니다.

'게시'는 모든 사람에게 알리기 위해 내걸거나 붙여 놓아 보게 하는 일을 말하고, '계시'는 가르치어 보여 주는 것, 또는 사람의 지혜로 알지 못하는 신비한 일을 신이 가르쳐 주는 일을 말합니다.

'게시'와 '계시'를 넣어 문장을 완성해 보세요.

① ______판에 글씨가 너무 작구나.

② 원효대사는 부처의 ______를 받은 듯 움직이기 시작했다.

정답 ① 게시 ② 계시

12 유네스코 세계문화유산

유네스코의 역할

유네스코와 세계문화유산

뿌리 깊은 한국의 문화유산을 찾아서 – 창덕궁

창덕궁의 역사 1

창덕궁의 역사 2

창덕궁의 아름다움

유네스코와 세계문화유산

유네스코는 유엔(UN)의 교육·과학·문화기구로, 제2차 세계대전이 끝난 뒤 1946년에 교육, 과학, 문화 등 지적활동 분야에서 국제 협력과 세계평화와 인류의 발전을 위해서 만들어진 유엔 전문기구이다.

이 기구는 나라마다 흩어져 있는 훌륭한 문화재를 골라 유네스코 세계문화유산으로 등록하고 있다. 여러 문화재 중에서 세계적으로 보호해야 할 가치가 있는 문화유산을 지정하여 아끼는 것이다.

유네스코 지정 세계문화유산을 크게 두 가지로 나눌 수 있다. 세계기록유산과 세계무형유산이다. 다시 말해 눈으로 볼 수 있는 것과 볼 수 없는 것으로 나누어 관리한다.

우리나라의 유네스코 지정 세계유산 중 고인돌 유적, 불국사, 석굴암, 종묘, 창덕궁, 수원 화성, 경주 역사유적지구, 해인사 장경판전, 승정원 일기, 훈민정음, 조선왕조실록, 직지심체요절 등은 세계기록유산이고, 판소리, 강릉단오제, 종묘제례와 종묘제례악 등은 세계무형유산이다.

1 유엔 교육 · 과학 · 문화기구의 이름은 무엇인가요?

① 유네스코 ② 기네스북
③ 프레스코 ④ 유엔기구

2 우리 나라 유네스코 지정 세계문화유산이 아닌 것은 무엇인가요?

① 창덕궁 ② 훈민정음
③ 고인돌 ④ 설악산

3 유네스코가 만들어진 이유를 찾아 쓰세요.

창덕궁의 역사 1

창덕궁은 1405년 조선의 제3대 왕이었던 태종 때 지어진 궁궐이다. 창덕궁은 당시 왕이 살고 있던 궁궐인 경복궁의 별궁으로 지어졌다. 처음 지어졌을 때의 이름은 수강궁이었다. 창덕궁은 외국에서 온 사신들을 대접하는 인정전과 왕이 일하는 선정전과 잠을 자는 희정당, 왕비가 있는 대조전 등이 먼저 완성되었고, 나중에는 창덕궁의 정문인 돈화문이 세워졌다.

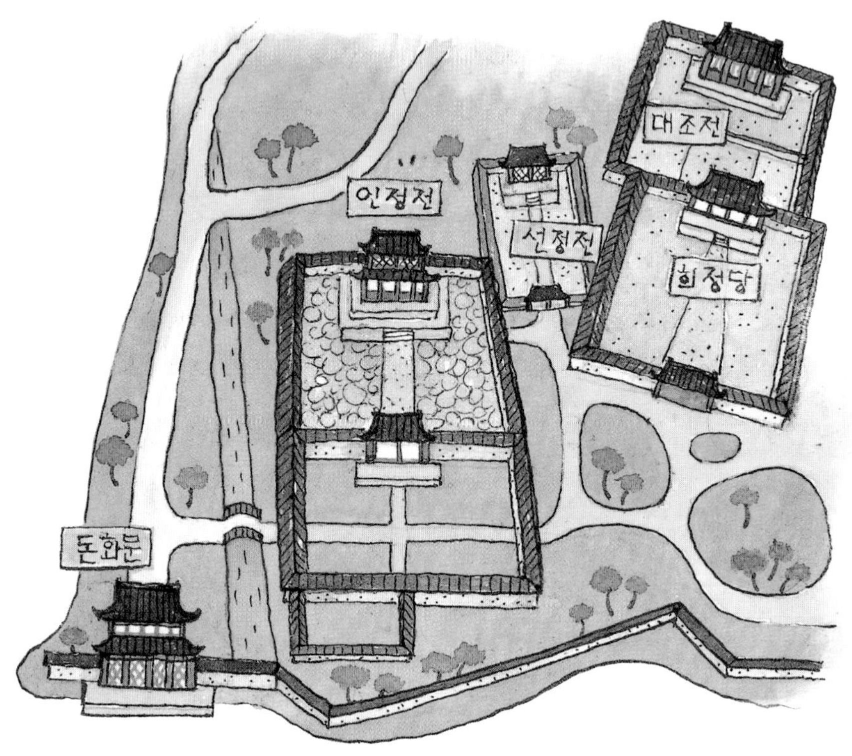

1 창덕궁의 처음 이름은 무엇이었나요?

① 경복궁　　② 왕비궁

③ 수강궁　　④ 창경궁

2 다음 건물들의 역할을 찾아 바르게 줄로 이어 보세요.

① 선정전 •	• ㉠ 왕이 일하는 곳
② 희정당 •	• ㉡ 외국에 사신들을 대접하는 곳
③ 대조전 •	• ㉢ 왕비가 사용하는 곳
④ 인정전 •	• ㉣ 잠을 자는 곳

3 창덕궁은 어느 왕 때 세워진 궁궐인가요?

① 인조　　② 고종

③ 광해군　　④ 태종

창덕궁의 역사 2

임진왜란 때 전쟁 피해를 입은 창덕궁은 1607년에 다시 세워졌으나, 그 뒤에도 여러 차례 불이 나서 피해를 입었지만 다시 세워졌다. 창덕궁은 1610년 광해군 때 정식 궁궐로 쓰이게 된 뒤 1868년 고종이 경복궁을 다시 지을 때까지 258년 동안 왕들이 나랏일을 보살펴 온 법궁이었다.

창덕궁은 1997년 12월 3일 이탈리아 나폴리에서 열린 유네스코 세계문화유산위원회에서 세계의 모든 인류를 위해 보호해야 할 가치가 있는 문화유산으로 인정받아 유네스코에 세계문화유산으로 등록되었다.

1 1607년 창덕궁이 다시 지어져야 했던 이유는 무엇일까요?

① 임진왜란으로 피해를 입었기 때문에
② 왕이 더 크고 멋있는 궁궐을 원했기 때문에
③ 외국의 손님들을 대접할 수 있는 멋있는 궁이 필요했기 때문에
④ 왕비가 더 아름다운 궁궐을 원했기 때문에

2 1610년부터 1868년까지 258년 동안 창덕궁은 어떤 곳으로 쓰였나요?

3 창덕궁이 세계문화유산으로 인정받게 된 이유는 무엇일까요?

창덕궁의 아름다움

창덕궁의 인정전과 같은 건물은 왕의 권위를 상징하여 높게 만들어졌고, 침전 건물은 다른 건물보다 낮고 간결하게 지어졌다. 또한 창덕궁 안에는 오래된 궁궐 정문인 돈화문, 신하들의 하례식이나 외국 사신을 모시는 곳으로 쓰이던 인정전, 왕과 그 가족이 쓰던 희정당, 대조전 외에도 연회, 산책, 학문을 할 수 있는 매우 넓은 후원을 만들었다. 후원에는 자연을 그대로 살리기 위해서 작은 정자들을 세웠다. 창덕궁 후원은 우리가 만날 수 있는 가장 한국적인 정원이다.

창덕궁은 자연과 하나 되게 짓기 위해 땅을 크게 변형시키지 않고 건물이 자연 속에 포근히 자리를 잡도록 했다. 그렇기 때문에 자연과 인간이 만들어 낸 건축물이라고 할 수 있다.

• **침전** : 임금이 잠을 자는 곳.
• **후원** : 왕비가 사는 곳에 훌륭하고 멋스럽게 만들어 놓은 동산.

1 창덕궁 후원의 쓰임새가 아닌 것을 골라 보세요.

① 산책 ② 학문

③ 연회 ④ 무예 연습

2 인정전을 높게 건축한 이유는 무엇일까요?

① 왕의 권위를 상징하기 위해서

② 공간을 높이 쓰기 위해서

③ 아파트 형식으로 건축하기 위해서

④ 적들의 침입을 막기 위해서

3 창덕궁이 아름다운 이유는 무엇일까요?

〈통합논술 종합비타민〉은 여러 분야의 주제들을 통합적으로 생각할 수 있도록 구성되어 있습니다. 그러므로 〈논술도우미〉의 예문 및 예시 답안은 최소한의 참고자료로만 활용하시고, 이 외에 나올 수 있는 가능성 있는 여러 가지 답변들도 고려하시길 바랍니다. 또한 생각을 표현하는 과정에서 각각의 주제들을 접하면서 궁금한 사항은 직접 찾아보고 자료를 수집하여, 좀 더 사고를 확장하고 논술할 수 있도록 지도해 주시기 바랍니다.

1. 발상의 전환

11쪽

1 한 아이는 단정한 옷차림이고, 또 다른 아이는 옷을 뒤집어 입고 있다.

2 생략

3 개성이 없다, 사람들이 똑같이 보인다 등.

4 재미있는 모습들이 많아져 즐거울 것 같다. 많이 웃다 보면 친구들과의 사이도 좋아지고, 기발한 생각도 많이 할 것이다.

13쪽

생략

2. 동시논술

17쪽

1 몸이 편찮으셔서 쉬셨을 것이다, 도시에 사는 아들, 딸 집에 가셨을 것이다 등

2

예문 –

동물원

새는 새끼리
타조는 타조끼리
우리 안에 있어요
사자는 사자끼리
원숭이는 원숭이끼리
우리 안에 있어요

우리를 보며
"저 사람들 가고 나면 우리끼리 푹 쉬자."
"저 사람들 가고 나면 우리끼리 노올자."
속삭이는 거예요.

들릴락 말락
소곤소곤 이야기해요.

19쪽

1 ②

2 선생님

3 방귀, 놀고 싶은 것, 배고픈 것 등

21쪽

1 ①

2

예문 – 찻길 건널 때 조심해라. 공부 잘해라, 웃어른께 인사를 잘해라, 부모님 말씀 잘 들어라 등

3 지팡이, 돋보기안경, 한복, 약봉지, 병원 등

23쪽

1 ②

2 이마에 물수건을 대주고, 먹을 것과 약을 챙겨 주었다, 병원에 함께 가 주었다 등

3 심부름을 해 주며 빨리 낫기를 기도했다.

3. 스토리논술

27쪽

1 ①, ②

2

예문 – • 나는 소금 도서관을 만들고 싶다. 왜냐하면 물건과 물건을 맞바꾸던 옛날부터 소금은 지금의 돈처럼 중요하게 쓰였기 때문이다. 그래서 소금에 대한 기록과 문서, 자료, 소금 이야기가 담긴 동화책 등을 사람들이 볼 수 있도록 하고 싶다.

• 나는 인형 도서관을 만들고 싶다. 인형은 옛날이나 지금이나 어린이들의 친구가 되어왔기 때문에 인형의 역사는 오래 되었

을 것이다. 인형에 대한 자료나 역사책, 동화책 등이 많이 있으면 인형에 대한 연구도 하고, 여러 종류의 인형들을 자세히 알 수 있기 때문이다.

3
예문 -
(도) 도저히 모르겠는 문제도
(서) 서서히 하나하나 책을 읽으며 풀어 보면
(관) 관광을 다니는 것처럼 재미나게 풀린다네.

29쪽
1 ①-O, ②-X, ③-X, ④-O
2

예문 - • 나는 선생님이 일기 검사를 하시는 게 좋다. 왜냐하면 선생님 말씀대로 일기를 쓰다 보면 글쓰기 실력도 늘고, 선생님과도 더 친해진 느낌이 들기 때문이다.
• 나는 선생님이 일기 검사를 안 하시는 게 좋다. 왜냐하면 우리한테도 감추고 싶은 비밀도 있고, 나만의 생활도 있는데 선생님께 그것까지 보여 드리는 것은 별로 기분이 안 좋기 때문이다.

3 일기를 쓰면 나 자신과 하루를 돌아보며 정리를 할 수 있다. 잘못한 점은 반성하고, 내일의 계획을 세울 수도 있다. 그리고 글쓰기 실력도 는다.

32쪽
1 ②, ④
2 생략

3

예문 - • 일기검사를 하는 걸로 결론이 날 것 같다. 아이들은 일기가 우리에게 주는 도움을 알기 때문이다.
• 일기검사를 안 하는 걸로 결론이 날 것 같다. 아이들은 글쓰기 실력이 향상되는 것보다는 자신들의 생활을 보호 받고 싶어 하기 때문이다.

33쪽
생략

35쪽
1 ②
2 증조할아버지
3 아들 공부를 많이 시키지 못해서

37쪽
1 ④
2 ①-ⓒ, ②-ⓛ, ③-ⓐ
3 다리를 저는 아빠가 창피해서

39~40쪽
1 ③
2 생략
3 생략
4

	①소	②문				
		제			⑤가	⑥수
③외	갓	집				탉
			④우			
⑦타	⑧조		산			
	개					

41쪽

예문 – 내가 여주로 소풍을 가던 날, 우리 엄마가 세상에서 가장 멋진 분이라는 생각을 했다. 아침에 들떠서 밥도 먹는 둥 마는 둥하며 가방을 메고 학교를 가려는데 엄마가 나를 부르셨다. 그리고는 도시락 하나를 내미셨다. 나는 어리둥절해져서,
"도시락 아까 가방에 넣었는데, 왜 또 줘?"
했다. 그랬더니, 엄마는 활짝 웃으시며 말씀하셨다. "너희 반 은지 갖다 줘. 엄마가 안 계셔서 김밥도 못 쌌을 거야. 내가 넉넉하게 꾸렸으니까 함께 맛있게 먹어."
나는 도시락을 받고 좋아할 은지를 생각하니 피식 웃음이 났다. 그 날은 세상에서 우리 엄마가 가장 자랑스러웠다.

42~43쪽
〈심청전 줄거리〉
심청이와 심봉사는 가난했지만 오순도순 잘 살았어요. 엄마가 없는 데다가 아버지가 봉사라서 마을 사람들이 도와주었어요. 심청은 15살이 되자, 길쌈과 삯바느질로 아버지를 모셨지요. 어느 날 이웃집에 바느질을 하러 갔다가 늦어지는 심청을 찾아 나선 심봉사는 발을 헛디뎌 그만 웅덩이에 빠지게 되었어요.
마침 그곳을 지나던 몽은사 화수승이 심봉사를 구해 주고 공양미 삼백 석을 시주하면 눈을 뜰 수 있다고 하자, 심봉사는 쌀 삼백 석을 시주하겠다고 덜컥 약속했어요.
심청이 이 사실을 알고 마침 사람 재물을 구하러 다니는 남경 상인들에게 자신의 몸을 팔고 그 대가로 받은 공양미 삼백 석을 몽은사에 바치기로 했어요. 아버지가 걱정하지 않도록 장승상 댁 수양딸로 가게 되었다고 거짓말을 하며 작별인사를 했어요. 뒤늦게 이를 안 심봉사는 통곡했으나 아무 소용없었어요. 남경 상인들의 배를 타고 인당수에 당도한 심청은 마지막으로 아버지를 걱정하면서 인당수에 떠어들었어요. 이런 심청의 효성스러운 마음을 알고 용궁에서는 심청을 구해 주었어요.
용궁에서 하루를 지낸 심청은 연꽃 속에 들어가 있었는데 크고 아름다운 연꽃을 발견한 사람들은 이것을 임금님께 바쳤어요. 임금님은 연꽃 속에서 나온 심청을 아내로 맞이하고, 왕비가 된 심청은 아버지를 찾기 위해 맹인 잔치를 열었어요.
심봉사는 맹인 잔치에서 왕비가 된 심청을 만나 감격하여 눈을 뜨게 되었어요.

45쪽
1 ②
2

예문 – 나는 심청이가 한 일이 마음에 들지 않는다. 왜냐하면 소중한 생명을 고작 쌀 300석과 바꾸었기 때문이다. 내가 심청이라면 일을 해서 돈을 벌어 눈을 고쳐 드릴 것이다. 그리고 아버지 옆에서 심부름을 해 드리며 보살펴 드렸을 것이다.

3 청소나 설거지 같은 집안일을 거들어 드리고, 공부를 열심히 해서 기쁘게 해 드릴 수 있다.

46~47쪽
〈내가 꾸민 심청 이야기〉
"쯧쯧, 심청이도 불쌍하지. 어쩌다가……."

사람들의 소리를 뒤로 한 채 심청이가 바다에 빠지러 가는 길이다. 뱃머리에 올라선 심청은 혼자 남은 아버지를 생각하며 눈물을 흘렸다. 바다에 도착하여 상인들이 제사를 올리자, 심청이는 크게 숨을 몰아쉬었다. 그리고는 뛰어내리려 치마를 뒤집어 썼다.

"얘야, 얘야!"

파도 소리에 묻힌 작은 목소리가 어렴풋이 들려왔다. 심청이는 헛것이 들리나 보다 생각했다.

"아가씨, 여기를 보세요. 아래를 내려다보세요."

헛것을 봤나 싶어 눈에 힘을 주고 아래를 내려다보았다. 나룻배에 분명 심봉사와 청년 한 사람이 타고 있었다.

"일단 바다에 빠지는 것처럼 내려오시오."

청년이 속삭였다. 남경 상인들은 모두 용왕님께 제사를 지내느라 주문을 외우며 고개를 수그린 채 엎드려 있었다. 심청은 갑판 위에 올라서서 뛰어내렸다.

심청이는 아버지를 얼싸안았다.

"아버지, 어찌된 일이에요?"

"내가 앞을 못 본 채 살았으면 살았지, 어찌 내가 널 잃고 행복하게 살 수 있겠느냐?"

심청은 청년을 바라보았다.

"고맙습니다. 그런데 당신은 어제 보았던 남경 상인의 막내 아니요?"

그러자 청년은 고개를 끄덕였다.

"네, 그렇습니다. 전 도저히 사람을 재물로 바치는 일을 도울 수가 없었어요. 이게 말이나 됩니까? 미신 때문에 아까운 생명을 바치다니요? 그래서 아가씨의 아버님을 도운 겁니다."

심청은 감격의 눈물을 흘렸다.

49쪽

생략

※ 원래 이야기와는 다르게 상상해 보는 것이 좋습니다.

4. 한문논술

53~54쪽

1 ①-土, ②-火, ③-月, ④-木

2 ①-㉢, ②-㉡, ③-㉠

3 생략

※ 육하원칙에 맞게 한 가지 사건을 중심으로 써 보세요.

57쪽

1 見物生心, 어떠한 물건을 실제로 보게 되면 그것을 가지고 싶은 욕심이 생김

2 ③

3

예문 – 나는 엄마를 졸라 백화점에서 장난감을 산 적이 있어요. 유치원 다닐 때 엄마 따라 백화점에 갔는데 유리 선반 위에 있는 로봇이 무척 갖고 싶었어요. 그래서 엄마께 떼를 쓰며 졸랐어요. 엄마는 처음에는 안 된다고 하시더니 내가 바닥에 주저앉아 엉엉 우니까 창피하다고 얼른 사 주셨어요. 내가 그 때 왜 그랬는지 모르겠어요. 정말 후회가 되요. 이제 다시는 그러지 않겠어요.

5. 찬반양론

61쪽

1 ④

2

예문 – • 나는 보라의 의견에 찬성합니다. 그 이유는 대부분의 친구들이 피자와 햄버거를 먹을 수 있는 패스트푸드점을 좋아하기 때문입니다.

• 나는 새라의 의견에 찬성합니다. 그 이유는 집에서 생일잔치를 해야 밖에서 사 먹는 것보다 좋은 음식을 먹을 수 있는 데다가 집에서 놀면 더 친해질 수 있기 때문입니다.

3

예문 – 나는 철민이의 생일잔치에 가서 영미라는 친구를 만나게 되었다. 생일잔치를 한 다음, 공원에서 숨바꼭질을 하다가 영미와 같은 장소에 숨게 되었다. 그 날 이후 영미랑 더욱 친해져서 지금은 단짝 친구가 되었다.

63쪽

1 ③

2

예문 – • 나는 종훈이의 의견에 찬성합니다. 그 이유는 시험이 있어야 내가 얼마만큼 공부했는지를 가늠할 수 있기 때문입니다.

• 나는 다솜이의 의견에 찬성합니다. 그 이유는 시험 때문에 놀지도 못하고 어른들한테 혼나는 일도 많기 때문입니다.

3

예문 – 지난 기말고사에서 평균점수가 낮았다고 선생님께 무척 혼이 났었다. 그 때는 정말 기분이 나빴다. 시험을 잘 본 적도 있는데 꼭 성적이 좋지 않을 때만 야단치시는 것이 속상하다.

6. 생활철학

69쪽

1 ②

2 남의 것을 갖고 싶으면 열심히 노력해서 그것을 얻어라, 노력해서 얻을 생각은 하지 않으면서 남의 것을 탐내는 것은 아주 큰 잘못이야 등

3 생략

73쪽

1 ①

2 ① 다르네

② 틀렸어

③ 다르고, 다르다

3 피부색과 언어가 다르다는 이유로 사람을 차별하는 생각을 가져서는 안 된다.

7. 경제논술

78~79쪽

1 ①

2 ① 생, ② 소, ③ 판, ④ 생

3 ① 귤 수확, ② 도매시장

※ 먼저 귤을 키우고 따야 합니다. 그리고 포장단계를 거친 후 가게들의 시장인 도매시장

으로 갑니다.

82쪽

1 ④

2 생략

※ 자연을 보호하면 아름다운 경치를 볼 수 있고, 그 지역의 경제효과도 매우 커진다는 것을 알려 주세요. 또한 자연을 보호하기 위한 노력의 중요성도 인식할 수 있도록 도와주세요.

3 쓰레기를 버리는 것은 양심 없는 미운 행동이고, 쓰레기를 줍는 것은 자연을 살리는 일이기 때문에 마음씨가 예쁘다는 뜻.

83쪽

예문 – 얼마 전, 우리 2학년은 고장 뒷산으로 소풍을 갔다. 소나무, 전나무가 우거지고 곳곳에 철쭉이 활짝 피어 있었다. 새도 지저귀고 하늘도 맑았다. 우리는 점심 때가 되자, 나무 그늘에 앉아 도시락을 꺼내 놓았다. 그런데 그 때 우리 주변에서 윙윙대며 파리 떼가 몰려들었다. 주변을 둘러보니 누가 버리고 갔는지도 모르는 음식 찌꺼기들이 지독한 냄새를 풍기며 썩어가고 있었다. 갑자기 입맛이 달아나며 기분이 나빠졌다. 우리는 학교에서 산에 갔다가 내려올 때면 쓰레기를 꼭 가지고 와야 한다고 배웠다. 그래서 나는 꼭 실천한다. 다른 사람들도 그랬으면 좋겠다. 아름다운 자연을 우리가 아끼고 보호했으면 좋겠다.

86쪽

1 플라스틱, 깡통, 우유 팩과 신문 같은 폐휴지 등

※ 재활용이 될 물건들은 분리수거 할 때 보았던 것들을 쓰면 됩니다.

2 생략

※ 우유 팩으로는 연필꽂이를 만들 수 있고, 깡통으로는 저금통을, 아이스크림 막대기로는 장난감을 만들 수 있다.

3 자원을 아끼게 되고 돈을 덜 쓰게 되니 부자가 될 것이다.

8. 수리 · 과학논술

90쪽

1 ①–㉡, ②–㉠, ③–㉢

2 생략

91쪽

예문 – 어제는 1시 20분에 학교 수업을 모두 마치고 2시부터 방과 후 바둑 수업을 들었다. 방과 후 수업이 끝나자 3시 20분! 3시 20분에 학교에서 출발하였는데 집에는 4시 20분에 도착했다. 종윤이가 놀이터에서 놀자고 해서 마냥 놀다 보니 시간이 그렇게 흐른 것이다. 15분이면 올 수 있는 거리를 한 시간이나 걸려서 온 일이 후회가 된다. 엄마는 내게 시간을 아껴 쓰라고 하셨는데……. 태권도 학원 가기 전에 숙제를 해야 했는데 못해서 정말 후회가 되었다.

94쪽

1 ③

2 ②

3

예문 – 준이야, 이제 학교 갈 때는 B길로 다니렴. 세 가지 길 중 가장 지름길이란다. A와 C는 B길보다 좀 더 돌아가게 된단다. B로 다니면 시간을 좀 더 절약할 수 있어.

97쪽

1 ④

2 ④

3 생략

98쪽

생략

101쪽

1 ③

2 ①

3 3·3·3 운동을 실천하여 입안을 깨끗이 하는 습관을 갖는다.

102쪽

예문 – 엄마가 저팔계한테 밥을 차려 주시며 먹고 나서 꼭 양치질을 하라고 했다. 그랬더니 양치질은 하지 않고 치약을 이에 묻히자마자 닦아 내었다. 입에서 치약냄새만 나게 한 것이다. 이렇게 게으른 주인은 세상에 또 없을 것이다. 내가 한숨을 쉬다가 내 몸이 근질근질해서 보니 치석이 끼어 지저분했다. 더 자세히 보니 세균들이 바글거리며 내 몸을 갉아대었다. 나는 소리를 질렀다. 그랬더니 세균들이 더 세게 내 몸을 쪼아댔다. 그러자 내 주인 저팔계가 볼을 감싸 쥐고 울기 시작했다.

"아파요, 이가 아파요!"

저팔계 엄마가 깜짝 놀라 얼른 병원으로 저팔계를 데리고 갔다. 저팔계의 입안을 본 치과의사는 저팔계를 잘 타일러 주었다.

"너 치아 관리를 전혀 안 했구나. 이제부턴 3·3·3 운동을 실천하렴. 알겠니?"

저팔계는 부끄러워 얼굴이 빨개졌지만 나는 이제 깨끗하게 살 수 있겠다는 생각에 '야호!' 소리를 질렀다.

9. 인물

105쪽

1 ②

2 ③

3 생략

※ 자신 있게 할 수 있는 것을 써 보세요. 예를 들어 축구, 그림 그리기, 피아노 연주, 수학 공부 등이 있겠죠.

4 ④

107쪽

1 ④

2 ① 양반, ② 국민, ③ 남자, ④ 여자

3 답답하고 속상하였을 것이다. 하지만 주어진 환경 속에서 자신의 뜻을 펼치기 위해 최선을 다해 노력했을 것이다.

109쪽

1 ④

2 예의 바르고 정직한 사회가 될 것이다.

3 부모님에 대한 효심, 자녀를 사랑하는 마음과 교육열, 남편을 사랑하고 존경하는 마음. 자신의 뜻과 재주를 펼치기 위한 노력.

10. 사회와 역사

113쪽

1 남성, 평등

2 ①

3 생략

116쪽

1 ④

2 남자들도 여자들을 도와 명절 음식을 함께 만드는 등 명절 준비를 함께한다.

3 생략

117쪽

생략

119쪽

1 ②

2 ②

3 차례대로 줄을 선다, 노약자에게 자리를 양보한다, 큰 소리로 떠들지 않는다 등

121쪽

1 이친절 어린이는 상냥하고 남을 생각하는 마음으로 대화했지만, 유퉁명 어린이는 다른 사람을 생각하지 않고 자신 위주로, 마음대로 대화하였다.

2 ②

3 생략

123쪽

1 ④

2 아폴로 11호

3 생략

125쪽

1 가재초, 팽이초, 군함초, 동도초

2 ①

3 ①-ⓒ, ②-ⓛ, ③-ⓡ, ④-ⓖ

127쪽

1 ①-영수, ②-미영, ③-민준

2 생략

3 생략

4 생략

129쪽

1 중국

2 ① 황사, ② 알레르기, ③ 폐

3 ①-O, ②-X, ③-X, ④-O

131쪽

1 ④

2 활을 아주 잘 쏘는 사람이라는 뜻

3 고구려

133쪽

1 주몽

2 알에서 태어나지 않았다.

3 한강 유역

135쪽

1 큰 알

2 ① 박, ② 혁, ③ 거세

3 둘 다 알에서 태어났다.

11. 문화논술

139쪽

1 ③

2 허수아비, 밀짚모자, 초가지붕, 열쇠고리 등

3 ①-ⓛ, ②-ⓖ, ③-ⓒ

141쪽

1 ②

2 ①-ⓛ,②-ⓖ,③-ⓡ,④-ⓒ

3 생략

143쪽

1 ②

2

예문 – 나에게도 짚처럼 고마운 분이 계세요. 바로 우리 외할머니예요. 외할머니는 우리 엄마를 사랑으로 키워 주셨어요. 또 엄마가 결혼을 하고 몇 년 후 내가 태어나자 직장에 다니는 엄마를 대신해 나까지 키워 주셨어요. 몸이 아프신 데도 나를 정성으로 키

워 주셔서 늘 감사드려요. 우리 외할머니는 최고의 할머니예요.

145쪽

1 ②

2 행진곡은 줄을 지어 앞으로 나아갈 때 부르는 노래로 $\frac{4}{4}$ 박자가 많다.

3

예문 – 막내 이모 결혼식 때 들은 적이 있어요. 결혼행진곡은 무척 홍겹고 아름다웠어요.

149쪽

1 ③

2

예문 – 나는 시가 쓰고 싶어요. 모차르트가 열심히 작곡한 것처럼 나도 밥을 먹다가도, 잠을 자다가도, 달리기를 하다가도 멋진 생각이 나면 메모해 놨다가 아름다운 시로 만들고 싶어요.

3 생략

153쪽

1 샘은 정신 장애를 가지고 있기 때문에.

2 아빠인 샘보다 똑똑해지는 것이 두려워서

3 샘의 정신 장애 때문에 루시를 키울 수 없다는 선고를 받게 되어서

155쪽

1 ①, ③

2 행복한 세상을 만들 수 없을 것이다. 세상 모든 사람의 생김새가 똑같지 않은 것처럼 살아가는 모습도 각각 다르다. 그런데 장애를 가졌다고 해서 무시하거나 할 수 있는 일을 빼앗는다면 어려움에 처한 사람들은 용기를 잃고 절망하는 세상이 될 것이다.

3 생략

※ 샘의 노력으로 샘과 루시는 함께 살 수 있었을 것이다.

12. 유네스코 세계문화유산

159쪽

1 ①

2 ④

3 국제협력과 세계평화와 인류발전을 위해 만들어졌다.

161쪽

1 ③

2 ①–㉠, ②–㉣, ③–㉢, ④–㉡

3 ④

163쪽

1 ①

2 왕이 나랏일을 보살피는 법궁

3 세계의 모든 인류를 위해 보호해야 할 가치가 있기 때문에

165쪽

1 ④

2 ①

3 자연을 헤치지 않게 지어 자연과 사람이 조화를 이루게 하였기 때문에